CB126678

FAVELÂNDIA

DANIEL RAIMUNDO DIEGUES

FAVELÂNDIA

partners coerência

DIREÇÃO EDITORIAL
Lilian Vaccaro

PRODUÇÃO EDITORIAL
Bianca Gulim

PRODUÇÃO GRÁFICA
Giovanna Vaccaro

PREPARAÇÃO
Bianca Gulim

REVISÃO
Thais Nacif
Bianca Gulim

CAPA
Décio Gomes

DIAGRAMAÇÃO
Michael Vasconcelos

DADOS INTERNACIONAIS DE CATALOGAÇÃO NA PUBLICAÇÃO (CIP)

Diegues, Daniel Raimundo
Favelândia / Daniel Raimundo Diegues. – 1ª edição – São Paulo: Grupo Editorial Coerência, 2020

ISBN: 978-85-5327-207-5

1. Poesia brasileira I. Título

CDD: 869.1

DEDICATÓRIA

Dedico este livro
à minha idolatrada esposa,
Maria Inês,
às minhas diletas filhas,
Inês e Marisa,
aos meus amados netos,
Carem, Ernani, Renata e Roberta,
e aos meus queridos genros,
Robert e Claudio Ernani.

E a meu pai e minha mãe,
Francisco e Maria,
que nasceram e morreram analfabetos,
tal qual Adão e Eva,
por culpa da fauna social
e dos bons filhos da Política.

HOMENAGEM A MEU PAI

Esse menino já era diferente dos outros desde quando morava na pequena aldeia de França, ao norte de Portugal. O pai, Francisco, homem franzino de pouco estudo, um dia partiu em busca das "patacas de ouro" para um país longínquo e grandioso: Brasil. A mãe, Maria, mulher forte, mística, ficou com o filho na labuta à espera da carta que a levaria ao encontro do marido.

O menino tinha apenas seis anos e já se engalfinhava pelas colinas, levando o rebanho a pastar. No bornal levava um naco de pão e um caneco para a água. Ao entardecer, voltava ele para casa, mas antes passava na bica, cuja água pura e cristalina saciava a sua sede. Aos sete anos, foi para a escola, e a professora logo percebeu quão diferente dos outros meninos ele era.

A vida continuava...

A mãe na labuta e à espera.

Às vezes, nos dias de calor, lá ia o menino nadar nas águas do rio Sabor. Água limpa, cristalina, na qual se banhava o menino.

Um dia chegou a carta: a mãe vendeu tudo. E numa bela manhã toda a família veio dizer adeus.

O menino havia calçado sapatos pela primeira vez. De cima do caminhão, respondeu ele à prima, que o indagava:

– Aonde ides?

– Não sei, Inês!

Aos onze anos, a bordo de um navio, veio também o menino ao país desconhecido. A viagem era longa! Dias e noites se passavam, e no horizonte apenas sol e lua. O menino sequer ao convés subiu; passou mal, o coitadinho!

Quando o navio chegou ao porto, o menino estava ansioso. Afinal, não se lembrava mais do semblante do pai.

– Olha, aquele é o teu pai – disse a mãe ao menino assim que o navio ancorou e ela avistou o marido.

O encontro foi emocionante até! Mas o menino bem que estranhou. Com a pele queimada do sol, o pai a ele bem diferente do que era se mostrou. O menino, esperto que era, ali mesmo percebeu o início da grande jornada. Foi mesmo naquele instante que se deu conta do início da nova era.

E o menino carregava no bornal, além do centeio e o salpicão, o mel.

O nome dele?

Ah! O nome dele é Daniel.

Com todo o meu amor,
Inês Diegues Sacaloski
01/02/2004

PREFÁCIO

A dor que não redime

Queres elevar-te? Sofre e chora!
Dores encontra quem procura palmas...
A lágrima é luz... perene aurora...
Eterno Jordão, batismo das almas.

Quem almeja beijar uma estrela
tem como degraus o sofrimento
se não se contenta em somente vê-la
ou beijá-la com o pensamento,
pois só a dor tem asas para alcançá-la,
mesmo que presa a enormes cadeias:
não há Cristo sem Calvário
nem Prometeu sem peias.

E o Cáucaso altaneiro tanto é teu
como foi e será de Prometeu.

Mas ninguém conquista montanhas
sem que a dor lhe corroa as entranhas.

A dor é a cruz da glória;
a dor faz mártires e gênios;
a dor é escola profunda
que o bem e o mal nos ensina;
é chuva que entumece e fecunda;
é chama que devora e ilumina.

A dor é filósofo e poeta;
com Sócrates, foi sábio;
com Cristo, redentor;
com Isaías, profeta.

Por isso, sofre e chora e terás asas
para alcançar uma estrela.
Só a dor te eleva e te agiganta:
não é moribundo que o cisne canta?

Se és filósofo, imita Diógenes;
se poeta, aprende a ouvir estrelas;
se Sócrates, ensina o teu Platão;
se Cristo, perdoa o teu Judas;
se Isaías, curva-te ao além.

Portanto, se vencer queres,
sofre e chora.
Dores encontra quem procura palmas...

Leônidas, sê, e não Efialtes.
E a dor te há de enaltecer,
mesmo que à sombra
tenhas de combater.

Há, porém, dor degradante
que não salva nem redime,
nem é em nada sublime,
nem nos leva a uma estrela:
é a dor feito mazela
que se encontra na favela.

ESCLARECIMENTO NECESSÁRIO

O autor, após ter permanecido algum tempo no planeta Satúrnia e ter conhecido o *modus vivendi* e *faciendi* de seus habitantes, convidou o cicerone a acompanhá-lo, dizendo:

Meu caro amigo Saturnino,
agora que conheço o teu planeta,
onde existe justiça, amor e paz,
e sei como aqui vive a Sociedade
e como o paraíso aqui se faz,
vou regressar o quanto mais depressa,
antes que a paz aqui desapareça
e o teu planeta perca a tramontana,
pois trago dentro de mim
o gene da raça humana;
e, portanto,
se de teu planeta não me for,
adeus, justiça e paz; adeus, amor.

Mas quero que vás comigo,
nem que seja por castigo,
conhecer a Favelândia,
o meu planeta arruinado,
insólito e malfadado
que se diz civilizado.

Vamos lá, meu caro amigo.
Embarca junto comigo
na nave da fantasia;
isso, assim,
e senta aqui,
pertinho de mim.
E coloca o cinto em torno do cós.
E pronto, lá vamos nós...

Estamos em órbita.
Olha lá, Saturnino!
Já se avista o meu planeta!

PRÓLOGO

Parece uma bola azul,
mas tem polos achatados:
Polo Norte e Polo Sul.

É o paraíso de alguns,
e o purgatório de muitos,
e o inferno da maioria.

São seis os continentes,
onde há rios e afluentes,
e montanhas e planaltos,
e plantas e animais,
e cachoeiras e saltos,
entre outras coisas mais.

É nele onde procria
uma raça depravada
que se apelida de gente
e da qual eu faço parte
infelizmente.

É nele onde a favela
vai da praia à Interlândia.
E por isso lhe foi dado
o nome de Favelândia.

Está super-retalhado
de países e nações
e também superlotado
de gente que nasce e morre
aos milhares e aos milhões.

Línguas há as mais diversas
no meu planeta azulado;
dialetos em profusão;
crendices por todo lado;
tabus e superstição;
centenas de fronteiras
e milhares de bandeiras
separando homens e terras,
criando o maior enguiço;
e fome e guerras e guerras;
e gente morrendo à beça
sem saber o porquê disso...

Tão grande é a discórdia
entre povos e nações
que no campo da concórdia
a paz se faz com canhões.

Favelândia tem história
que pouquinho tem de brilho
e pouquíssimo de glória.

Na *Bíblia Sagrada* está
escrito que Deus a fez
cheia de graça e beleza
aproveitando os encantos
da bela mãe natureza;
e escrito também está
que de barro fez Adão
e que o pôs para viver
tranquilo no paraíso,
onde havia o que comer
e onde não era preciso
matar-se de trabalhar;
e onde havia uma serpente
que só pensava em se casar;
e um tal fruto proibido
que jamais deveria ser comido;
e que lá também pôs Eva
numa noite de verão,
depois de a ter extraído
de uma costela de Adão;
e que às duas criaturas
segredou ao pé do ouvido:
Se quiserdes viver sem trabalhar,
não comereis do fruto proibido.

Fruto que a serpente
tanto elogiou
que nem Eva, nem Adão
resistiram à tentação
de comê-lo. E o engoliram,
mas com tanto ardor e gana
que, durante uma semana,
da cama não saíram.
O sono foi profundo...
Jeová, Deus, disso soube
e mandou Adão embora,
e o excomungou dizendo:
Vai trabalhar, vagabundo!

E desde então, caro amigo,
Deus impôs ao pobre Adão
trabalho como castigo.
Afinal,
o pobre Adão cometera
o pecado original...

E, nove meses depois
da lua de mel,
Eva pariu Caim;
e, doze meses depois,
pariu Abel.

E diz por aí,
muita gente,
que a culpada do pecado
foi a tal dona serpente.

E dizem que aquela espada
que Deus pôs a flamejar
no Éden para guardar
o caminho da árvore da vida
era um potente laser acoplado
a um tremendo radar.
Favelândia tem história,
mas não muito edificante.

Está escrito na *Bíblia Sagrada*
que Caim matou Abel
e que cinco filhos gerou;
e que a semente de Adão
se multiplicou;
e que as belas filhas dos homens
para gáudio dos ateus
emprenhadas foram logo
pelos bons filhos de Deus;
e que anos e anos depois,
porque a carne se estragara,
Deus limpou a Favelândia
afogando e destruindo
quase tudo que criara.

Um dilúvio Deus mandou,
de água que evaporou
e no "céu" se condensou.

E dizem as más línguas
que o calor que provocou
tamanha evaporação
criado foi por bombas,
hoje atômicas chamadas,
que Deus tinha detonado
ou que detonar havia mandado.

Ficou limpa a Favelândia.
E limpa ficaria eternamente
não fosse um grande navio
que Jeová encomendara
e que Noé fabricara,
e onde Noé colocara
um parzinho engraçadinho
de cada ser vivente
e também a si próprio
e toda a sua gente.
Arca de Noé, nome do navio
que flutuou sobre as águas
esperando pelo estio.

E o navio estacionou
quando o estio chegou;
e tudo que nele havia
se salvou.
E, consequentemente,
tudo recomeçou.
E nele havia de tudo...
Senão, como poderia
tudo recomeçar?!

E tudo recomeçou.
Afinal,
nem mesmo o dilúvio universal
conseguira afogar
o pecado original.

E, não se tendo afogado
o pecado original,
Noé teve de inventar
leis e descobrir arcanos
que mantivessem de pé
os direito humanos.
E muitas leis se inventaram...
Eu, porém, vou te dizer
resumidamente, apenas,
o que se fez e se faz,
desde há quatro mil anos,
nos intervalos de paz
pelos direitos humanos:

- Código de Hamurabi, gravado num bloco de diorito. Um baixo-relevo no alto representa Hamurabi recebendo das mãos de Shamash, deus do sol e da justiça, os princípios da equidade (por volta de 1770 a.C.).
- O Decálogo, que o bíblico Moisés recebeu das mãos do comandante de uma nave espacial no Monte Sinai. Serve de norma de conduta, até hoje, a milhões e milhões de filhos da Favelândia. Depois te direi como.
- A filosofia de Confúcio (551 - 479 a.C.) e a de Mêncio (372 - 289 a.C.) na China.
- As doutrinas de Buda (563 - 483 a.C.).
- A república de Platão, que trata longamente dos direitos do homem.
- A doutrina de Jesus Cristo, consubstanciada no célebre Sermão da Montanha.
- O direito romano, também um dos marcos de extraordinária importância em relação à pessoa humana.
- A declaração dos direitos do homem e do cidadão (1789, França).
- Declaração universal dos direitos humanos, aprovada pela Organização das Nações Unidas em 10 de dezembro de 1948, composta dos seguintes artigos:

Artigo I

Todos os homens nascem livres e iguais em dignidade e direitos. São dotados de razão e consciência e devem agir em relação uns aos outros com espírito de fraternidade.

Artigo II

1. *Todo homem tem capacidade para gozar os direitos e as liberdades estabelecidas nesta Declaração, sem distinção de qualquer espécie, seja de raça, cor, sexo, língua, religião, opinião política ou de outra natureza, origem nacional ou social, riqueza, nascimento ou qualquer outra condição.*
2. *Não será também feita nenhuma distinção fundada na condição política, jurídica ou internacional do país ou território a que pertence uma pessoa, quer se trate de território independente, sob tutela, sem governo próprio, quer sujeito a qualquer outra limitação de soberania.*

Artigo III

Todo homem tem direito à vida, à liberdade e à segurança pessoal.

Artigo IV

Ninguém será mantido em escravidão ou servidão; a servidão e o tráfico de escravos serão proibidos em todas as suas formas.

Artigo V

Ninguém será submetido à tortura nem a tratamento ou castigo cruel desumano ou degradante.

Artigo VI

Todo homem tem o direito de ser, em todos os lugares, reconhecido como pessoa perante a lei.

Artigo VII

Todos são iguais perante a lei e têm direito, sem qualquer distinção, a igual proteção da lei. Todos têm direito a igual proteção contra qualquer discriminação que viole a presente Declaração e contra qualquer incitamento a tal discriminação.

Artigo VIII

Todo homem tem direito a receber, dos tribunais nacionais competentes, remédio efetivo para os atos que violem os direitos fundamentais que lhe sejam reconhecidos pela constituição ou pela lei.

Artigo IX

Ninguém será arbitrariamente preso, detido ou exilado.

Artigo X

Todo homem tem direito, em plena igualdade, a uma justa e pública audiência por parte de um tribunal in-

dependente e imparcial, para decidir de seus direitos e deveres ou do fundamento de qualquer acusação criminal contra ele.

Artigo XI

1. *Todo homem acusado de um ato delituoso tem o direito de ser presumido inocente até que a sua culpabilidade tenha sido provada de acordo com a lei, em julgamento público no qual lhe tenham sido asseguradas todas as garantias necessárias à sua defesa.*
2. *Ninguém poderá ser culpado por qualquer ação ou omissão que, no momento, não constituíam delito perante o direito nacional ou internacional. Também não será imposta pena mais forte do que aquela que, no momento da prática, era aplicável ao ato delituoso.*

Artigo XII

Ninguém será sujeito a interferências na sua vida privada, na sua família, no seu lar ou na sua correspondência, nem a ataques à sua honra ou reputação. Todo homem tem direito à proteção da lei contra tais interferências ou ataques.

Artigo XIII

1. *Todo homem tem direito à liberdade de locomoção e residência, dentro das fronteiras de cada Estado.*
2. *Todo homem tem o direito de deixar qualquer país, inclusive o próprio, e a este regressar.*

Artigo XIV

1. *Todo homem, vítima de perseguição, tem o direito de procurar e de gozar de asilo em outros países.*
2. *Este direito não pode ser invocado em caso de perseguição legitimamente motivada por crimes de direito comum ou por atos contrários aos objetivos e princípios das Nações Unidas.*

Artigo XV

1. *Todo homem tem o direito a uma nacionalidade.*
2. *Ninguém será arbitrariamente privado de sua nacionalidade nem do direito de mudar de nacionalidade.*

Artigo XVI

1. *Os homens e mulheres de maior idade, sem qualquer restrição de raça, nacionalidade ou religião, têm o direito de contrair matrimônio e fundar uma família. Gozam de iguais direitos em relação ao casamento, sua duração e sua dissolução.*
2. *O casamento não será válido senão com o livre e pleno consentimento dos nubentes.*
3. *A família é o núcleo natural e fundamental da sociedade e tem o direito à proteção da sociedade e do Estado.*

Artigo XVII

1. *Todo homem tem direito à propriedade, só ou em sociedade com outros.*
2. *Ninguém será arbitrariamente privado de sua propriedade.*

Artigo XVIII

Todo homem tem direito à liberdade de pensamento, consciência e religião; este direito inclui a liberdade de manifestar essa religião ou crença pelo ensino, pela prática, pelo culto e pela observância, isolada ou coletivamente, em público ou em particular.

Artigo XIX

Todo homem tem direito à liberdade de opinião; este direito inclui a liberdade de, sem interferências, ter opiniões e de procurar, receber e transmitir informações e ideias por quaisquer meios e independentemente de fronteiras.

Artigo XX

1. *Todo homem tem direito à liberdade de reunião e associação pacíficas.*
2. *Ninguém pode ser obrigado a fazer parte de uma associação.*

Artigo XXI

1. *Todo homem tem direito de tomar parte no governo de seu país, diretamente ou por intermédio de representantes livremente escolhidos.*
2. *Todo homem tem igual direito de acesso ao serviço público de seu país.*
3. *A vontade do povo será a base da autoridade do governo; essa vontade será expressa em eleições periódicas e legítimas, por sufrágio universal, por voto secreto ou equivalente que assegure a liberdade de voto.*

Artigo XXII

Todo homem, como membro da sociedade, tem direito à segurança social e à realização, pelo esforço nacional, pela cooperação internacional e de acordo com a organização e recursos de cada Estado, dos direitos econômicos, sociais e culturais indispensáveis à sua dignidade e ao livre desenvolvimento de sua personalidade.

Artigo XXIII

1. *Todo homem tem direito ao trabalho, à livre escolha de emprego, a condições justas e favoráveis de trabalho e à proteção contra o desemprego.*
2. *Todo homem, sem qualquer distinção, tem direito à igual remuneração por igual trabalho.*
3. *Todo homem que trabalha tem direito a uma remuneração justa e satisfatória, que lhe assegure, assim como à sua família, uma existência compatível com a dignidade humana, e a que se acrescentará, se necessário, outros meios de proteção social.*
4. *Todo homem tem direito a organizar sindicatos e a neles ingressar para proteção de seus interesses.*

Artigo XXIV

Todo homem tem direito ao repouso e ao lazer, inclusive à limitação razoável das horas de trabalho e a férias remuneradas periódicas.

Artigo XXV

1. *Todo homem tem direito a um padrão de vida capaz de assegurar a si e à sua família saúde e bem-estar, inclusive alimentação, vestuário, habitação, cuidados médicos e os serviços indispensáveis, e direito à segurança em caso de desemprego, doença, invalidez, viuvez, velhice e outros casos de perda dos meios de subsistência em circunstâncias fora de seu controle.*
2. *A maternidade e a infância têm direito a cuidados e assistência especiais. Todas as crianças, nascidas dentro ou fora do matrimônio, gozarão da mesma proteção social.*

Artigo XXVI

1. *Todo homem tem direito à instrução. A instrução será gratuita, pelo menos nos degraus elementares e fundamentais. A instrução elementar será obrigatória. A instrução técnico-profissional será acessível a todos, bem como a instrução superior, sendo esta baseada no mérito.*
2. *A instrução será orientada no sentido do pleno desenvolvimento da personalidade humana e do fortalecimento do respeito pelos direitos do homem e pelas liberdades fundamentais. A instrução promoverá a compreensão, a tolerância e a amizade entre todas as nações e grupos raciais ou religiosos, e coadjuvará as atividades das Nações Unidas em prol da manutenção da paz.*
3. *Os pais têm prioridade de direito na escolha do gênero de instrução que será ministrada a seus filhos.*

Artigo XXVII

1. *Todo homem tem o direito de participar livremente da vida cultural da comunidade, de fruir as artes e de participar do progresso científico e de seus benefícios.*
2. *Todo homem tem direito à proteção dos interesses morais e materiais decorrentes de qualquer produção científica, literária ou artística da sua autoria.*

Artigo XXVIII

Todo homem tem direito a uma ordem social e internacional em que os direitos e liberdades estabelecidos na presente Declaração possam ser plenamente realizados.

Artigo XXIX

1. *Todo homem tem deveres para com a comunidade, na qual o livre e pleno desenvolvimento de sua personalidade é possível.*
2. *No exercício de seus direitos e liberdades, todo homem estará sujeito apenas às limitações determinadas pela lei, exclusivamente com o fim de assegurar o devido reconhecimento e respeito dos direitos e liberdades de outrem, e de satisfazer as justas exigências da moral, da ordem pública e do bem estar de uma sociedade democrática.*
3. *Esses direitos e liberdades não podem, em hipótese alguma, ser exercidos contrariamente aos objetivos e princípios das Nações Unidas.*

Artigo XXX

Nenhuma disposição da presente Declaração pode ser interpretada como o reconhecimento a qualquer Estado, grupo ou pessoa, do direito de exercer qualquer atividade ou praticar qualquer ato destinado à destruição de quaisquer direitos e liberdades aqui estabelecidos.

E pronto, Saturnino,
em resumo dito está
do que se fez e se faz
durante quatro mil anos
pelos direitos humanos
nos intervalos da paz.

Curtíssimos intervalos,
enquanto cantam os galos
e um cabritinho berra,
pois na minha Favelândia
se vive constantemente
fazendo e pensando em guerra.

Favelândia tem história
e tem lei sob medida,
e seria um paraíso
se a lei deveras fosse
devidamente cumprida.

E agora vamos pousar
a nave da fantasia,
mas bem longe da cidade,
enquanto é dia.

E na Favelândia estamos.
E daqui já dá pra ver
A Torre de Babel,
o mais alto arranha-céu,
cujo dono é Fariseu,
que, como eu,
também é
descendente de Noé.

Eu moro no último andar
dessa Torre de Babel,
em pequeno apartamento
pelo qual pago aluguel,
o qual o dono quer aumentar,
apenas porque meu quarto
tem uma larga janela,
de onde posso contemplar
as belezas da favela.

Diz ele que o privilégio
que eu tenho *mui* poucos têm:
de morar no purgatório
e poder ver mais além...

E o Fariseu tem razão...
Também dá pra ver a lua,
onde pretende passar
suas férias de verão,
e ver tudo lá do alto,
embora a lua não tenha
água, luz, esgoto, asfalto,
o que não é novidade,
já diziam as vestais,
já que aqui na Favelândia
falta isso e muito mais.
Falta casa, falta pão,
mas, em compensação,
sobra aumento de aluguel
dos "belos" apartamentos
da Torre de Babel.

E, por isso, qualquer dia,
por falta de pagamento
do maldito aluguel,
Fariseu vai me chutar
da Torre de Babel.
E eu irei dormir sentado
no chamado olho da rua,
onde a favela começa
e continua...

Estamos no corredor
da Torre de Babel.
Subamos de elevador
caso não falte energia,
muito comum hoje em dia.

Estamos no apartamento,
mas não faças movimento.
É tudo tão apertado
que eu tenho o pressentimento
de estar morando entalado.

Banheiro não tem tamanho,
(já dizia o Zé Mané)
mas dá... porque me banho
e faço tudo de pé.

E depois vem Fariseu,
dono da Babel,
querendo mais aluguel.

Mas uma coisa me agrada
neste "belo" apartamento:
é o tamanho da janela
de onde posso contemplar
o tamanho da favela
e de onde posso assestar
minha mágica luneta
para ver em certa hora
e na hora certa
tudo que quero ver
mantendo a janela aberta.

JANELA ABERTA

CAPÍTULO 1

É dia na Favelândia,
abramos pois a janela
e assentemos a luneta.
Quero que vejas, amigo,
andando por aí
três grandes personagens
deste meu planeta,
pois necessário se faz
que de perto possas vê-los,
do contrário passarás
aqui na Favelândia
o restante de teus dias
sem reconhecê-los.

Olha... lá está um...
É dona Sociedade,
que parece uma careta
diante da bela e pura
que existe no teu planeta.

É alta a Sociedade;
porém, dizem por aí,
que cabe perfeitamente
em sete palmos de profundidade.

Olha bem a cara dela,
olha bem na descarada
e verás que de donzela
não tem nada.

Repara bem no cabelo
que lhe cobre toda a nuca.
Parece vivo, parece...
mas não passa de peruca.

Olha bem na cara dela,
parece cândida e bela,
mas é máscara perfeita,
apenas se pinta,
apenas se enfeita.

Parece calma e tranquila,
mas guarda dentro do peito
a feroz, e voraz, e desmedida
avidez de um cão de fila.

Os seus braços são tentáculos
de polvo que tudo abraça;
as unhas, cheias de graça,
são garras de pantera
à espera de quem passa...

Olha bem nas tetas dela.
São iguais às de cadela.
E olha como sai leite,
a jorro, de seus bicos
para a bocarra dos ricos
e dos homens da mamata,
e dos da negociata,
e da canalhocracia,
e da Corja e Canalha & Cia.
Porém, repara bem.
Repara que alguns bicos
(e que Deus me livre e valha)
apenas pingam salpicos
na boca de quem trabalha.

Ela fuma, ela bebe,
ela joga, ela dança
e de explorar não se cansa
os mistérios sexuais
e de se envolver também
nos pecados capitais.

Tem o dom da ubiquidade.
Ela está em toda parte:
no prado, salões de arte,
nos palcos, nos auditórios,
nas boates, nos velórios,
nos cafés, nos cabarés

e na Bolsa especulando
e ao mesmo tempo no templo
(toda feliz, satisfeita)
implorando ao deus-milhão
que lhe triplique a receita.
Mas sempre bem protegida
por bombas e canhões,
metralhadoras e obuses,
que são os fabricantes
de esquifes e caixões,
e de ataúdes e cruzes,
símbolos de mau agouro,
e defensores ferrenhos
do seu querido, e sagrado,
e lindo bezerro de ouro.

Ela está em toda parte;
e, às vezes, combatendo
os males que lhe interessa;
e, outras vezes, protegendo
males e males à beça,
porque dizem mercenários
que há males que vêm pra bem...
e que há males necessários
que à Sociedade convêm.

E aqui trunco o pensamento
que me ocorre no momento
no tocante aos mercenários,
já que não posso chamá-los
de filhos... de salafrários.

E assesta agora a luneta
naquele ser divino.

É o Amor, Saturnino!

Igual ao do teu planeta!

Porém, repara, mas repara bem,
senão
terás nítida impressão
de estar vendo uma careta.

O Amor na Favelândia
anda tão desfigurado
que não mais se conhece pelo rosto
tão cínico e ridículo o tem posto.

Entretanto, ainda tem
aquele ardor esquisito
que transporta o coração
aos páramos do infinito;
e aquele facho bendito
de fulgor diamantino
que ilumina toda a gente
tal qual iluminou
Eva, Adão e a serpente.

Em teu bendito planeta
ao Amor tudo recorre:
por Amor se vive,
por Amor se morre.

Mas aqui na Favelândia
o Amor se maltrata:
por Amor se odeia,
por Amor se mata.

O Amor no teu planeta
é de quem o quer e sente,
e de graça.
Mas aqui na Favelândia
vende-se por atacado,
e a granel, e a picado
em qualquer canto e na praça.

E aqui trunco o pensamento
que me ocorre no momento
no tocante à meretriz
e ao que ela faz do Amor,
e ao que dela mal se diz.

Assesta agora a luneta
naquele ser luminoso
que também é ser divino.

É a Verdade, Saturnino!

É igualzinha àquela
que o teu planeta cultua.
Mas aqui na Favelândia
anda sempre mascarada
e quase não sai à rua.

Já foi pregada na cruz
e dizem que atendia
pelo nome de Jesus.

Às prisões a levaram
em onda progressiva;
de cristã a chamou Roma
quando ao queimá-la viva.

Depois veio o bacamarte,
e a forca e o paredão,
facilitando, destarte,
o meio de liquidá-la
pelo sim e pelo não.

A Sociedade a maltrata,
e prende e mata,
mas ela é como sol que alumia
e se põe e renasce, todavia.

Assesta bem a luneta.
Conhecer agora vais
as ruas do meu planeta.

E agora olha pra lá...
ou pra ali... tanto dá...
porque a Rua da Mentira
nunca se sabe onde está.

Mas se sabe que nela há
quem mente por todo canto,
quem mente por toda parte
com aprimorado engenho
e com requintada arte.

Na Rua da Mentira,
quer de noite, quer de dia,
mente-se por cima,
e por debaixo d'água,
e no ar, e no chão,
com razão ou sem razão
e pelo sim e pelo não.

E dizem que quem mais mente
animais são da fauna social
e determinada gente
chamada pela crítica
de bons filhos da Política.

Mentem grandes e pequenos,
uns mais, outros menos.
Mente toda a bicharada...
Mente o cavalo, o burro, o jumento,
o leão, o tigre, a hiena,
o veado, o chacal, a corça, a rena.

Mente o gato e a gatinha,
mente o pombo e a pombinha,
mente o galo e a galinha,
e o furão e a fuinha.

Mente o carneiro, a ovelha,
mente a cabra, mente o bode,
enfim, todos, todos mentem
e cada qual como pode.

É mentira de longe,
é mentira de perto,
é mentira que vem
e vai com rumo certo...

A mentira não dorme, pois trabalha:
de dia em benefício da cambada,
de noite em benefício da canalha.

E aqui trunco o pensamento
que me ocorre no momento
no tocante à permanente
e reles mitomania
crônica e crítica
dos bons filhos da Política.

Outra rua do planeta,
que quase não se sabe
onde começa ou está,
é, de fato,
a Rua do Boato.
Mas se sabe que ela existe
e que nela o Boato insiste

em tirar leite quentinho
da vaca da situação,
ou da vaca do vizinho,
ou da vaca da oposição,
e em fazer da opinião
pública um basbaque;
principalmente quando encontra claque.

Entretanto, o Boato dorme.
Porém, se acorda e sai,
de verdade em verdade te digo:
seja no campo ou na cidade,
venha de longe ou de perto,
o Boato quando sai
já leva endereço certo.
E costuma dizer que eu não presto,
e me chama de bufão
apenas porque lhe digo
que conduz pelo cabresto,
às urnas, a opinião
e que se acordado fica,
noite e dia,
fornica a paciência
da Rua da Maioria.

Assesta agora a luneta
quarenta graus à esquerda
e verás, rente à favela,
a Rua da Maioria,
que come e bebe ilusões,
e blasfema noite e dia.

A rua é tão extensa,
tão larga, esburacada, tão imensa
que apenas se presume onde começa,
pois nunca ninguém soube onde termina.
Falta-lhe polidez, mas tem à beça
estupidez, que a contamina.
Parte dela sabe ler;
outra parte apenas soletrar;
e a diferença é semianalfabeta;
e, assim, a porcentagem se completa.

Falta pão e sobra circo nessa rua.
Pão e circo... e a farsa continua.
E falta escola, e teto, e agasalho,
se não se computar
a falta de trabalho.

De ponta a ponta da rua
é blasfêmia que se escuta;
e há quem blasfeme um sonoro
e grande filho da puta
em alto berro de crítica
aos bons filhos da Política.

Blasfema o pobre contra o rico,
blasfema a jumenta contra o burrico,
blasfema o macho contra a fêmea
e vice-versa, tudo é blasfêmia.

Blasfema o direito contra a justiça,
blasfema o trabalho contra a preguiça,
blasfema o locatário contra o locador,
blasfema o governado contra o governante,
blasfema empregado contra empregador,
enfim, todos blasfemam
com razão ou sem razão
e pelo sim e pelo não.

A Rua da Maioria
sofre de um grande mal:
julga-se ator principal
da peça intitulada
Sufrágio Universal.

Coitadinha! Vive de ilusões
ao julgar-se o principal
ator das decisões.

E bem que sê-lo poderia,
não fosse o autor da peça
da Rua da Minoria.

Assesta agora a luneta
quarenta graus à direita
e verás bem luzidia
a Rua da Minoria.

Fica ali naquele alto,
pertinho do paraíso,
e tem água e tem esgoto,
e tem luz e tem asfalto,
e tudo mais que é preciso.

Anda sempre bem tratada,
bem nutrida, bem trajada,
e à noite dorme tranquila
guardada por cães de fila.

No começo, meio e fim,
boas escolas tem,
e das mais sofisticadas,
e das mais bem equipadas,
onde os filhos dela aprendem
a fazer o que é preciso:
defendê-la defendendo
o próprio paraíso.

E por isso ela tem nos governado;
e por isso ela tem nos comandado;
e por isso ela tem ditado leis;
e por isso ela tem mantido reis.

A Rua da Minoria
acorda lá pelas oito
e toma banho quentinho,

e depois um cafezinho
com torradas ou biscoito
ou et cetera e coisa e tal...
O que já não é normal
na Rua da Maioria.

E continua comendo
dia e noite, noite e dia
de tudo que lhe apetece.
E por que não? Se o merece...

E aqui trunco o pensamento
que me ocorre no momento
no tocante ao "se merece",
porquanto dizer não posso
livremente o que me ocorre
como digo o *Padre-nosso.*

E também dizer não posso
que junto à da Minoria
fica a Rua do Congresso,
que aumenta impostos e taxas
em nome de São Progresso;
e que por isso a Miséria
e a Rua dos Famintos
querem juntas que o progresso
se prolongue até os quintos...

E os quintos ficam ali...
no fim de qualquer rua,
onde a favela começa
e continua...

E continua assestando
a mágica luneta
e verás cambaleando
o salário incompatível
e o desemprego andando
na Rua da Sarjeta.
E ouvirás ambos gritando,
dia e noite e propalando,
que os maiores causadores
de tamanhos despautérios
são a Rua das Cãibras
e a Rua dos Mistérios,
que são ruas paralelas.
Olha... lá estão elas.

Na Rua das Cãibras,
cãibras há por todo lado.
Há cãibra de deputados,
e cãibra de vereadores,
e cãibra de safados,
e cãibra de senadores,
e cãibra de não sei quê,
e de outros mais senhores.

Há cãibra disso e daquilo,
cãibra daqui e dali,
cãibra de lá e de cá,
cãibra adiante, cãibra atrás,
cãibra que não se sabe
por que existe e o que é que faz;
é cãibra, cãibra e mais cãibra
do começo ao fim da rua.
E quem paga a conta são:
Maria, Mané, Bastião,
Zé Povo, Zé Povinho e Zé Povão.

Cãibras e Mistérios,
ruas paralelas.
Na Rua das Cãibras
há câimbras por todo lado;
na Rua dos Mistérios,
mistérios por todo canto:
Mistério do Trabalho,
Mistério da Fazenda,
Mistério da Justiça,
Mistério dos Transportes,
Mistério disso e daquilo,
Mistério daqui e dali,
Mistério de lá e de cá,
Mistério adiante, Mistério atrás,
Mistério que não se sabe
por que existe e o que é que faz.

É Mistério em todo canto,
do começo ao fim da rua.
E quem paga a conta são:
Maria, Mané, Bastião,
Zé Povo, Zé Povinho e Zé Povão.

Cãibras e Mistérios,
ruas paralelas.
E a Miséria diz que nelas
residem as Soluções,
que há tempo hibernando estão;
e que não há quem as acorde,
assim diz a Omissão.

E o Zé Povo também diz
que se uma das soluções
por acaso acorda e sai
voando vai
e na casa do Suborno cai;
e que lá,
depois de muito papear,
esfregando o indicador
contra o polegar,
o Suborno pergunta:
Como é... doutor?
Vai ou não vai?

Cãibras e Mistérios,
ruas paralelas.
E dizem, também, que nelas
há larápios e gatunos,
e ladrões em torno delas.

Eu bem sei, ó, Saturnino,
o que se faz aos ladrões
no teu belo planeta,
porém dizê-lo não posso,
como se diz por aqui,
às claras, o *Padre-nosso.*

Mas em segredo dizer posso
que os ladrões no teu planeta
são todos condecorados
com lacinho no pescoço
por bons serviços prestados...

O sol está se pondo
e a noite está chegando.
Fechemos a janela
e guardemos a luneta,
porque os ladrões pululam
por cima e por baixo,
e por todo canto e lado
da face de meu planeta;
e roubam e estupram,
e matam e sequestram.

E canalhas há que os adestram;
e chicaneiros insanos
que lutam pra defendê-los
em nome dos sagrados
direitos humanos.

Porém, ó, Saturnino,
nem tudo está perdido,
assim diz o Zebedeu,
que, como eu,
tem tanto de cristão
quanto de judeu.
E afirma que, felizmente,
ainda existe gente
que deseja, ardentemente,
ver canalhas e ladrões
condecorados com laço
por carrascos e tiranos
em nome dos sagrados
direitos humanos.

CAPÍTULO 2

Hoje é domingo e faz sol.
Assesta pois a luneta
na larguíssima e brutal
Rua do Futebol.

Nela mora o Fanatismo,
sujeitinho de má-fé...
e devoto fervoroso
de um tal Santo Pontapé.

E afirmam que esse tal santo
deixa o povo meio chucro
e que a cúpula, entretanto,
o exalta e glorifica
nos belos campos de renda
e nos estádios do lucro.

E dizem muito mais:
dizem que ele congrega e arrebanha
os votos eleitorais,
e também que ele fomenta
o delírio coletivo;
e que enquanto se delira
não se pensa;
e que servindo vai de lenitivo
que ajuda a temporizar
os problemas da mantença;
e que ajuda a suavizar
da dor de cotovelo à doença.

E dizem que as tisanas
que o santo nos prepara
são feitas para afastar,
sempre e cada vez mais,
Zé Povinho e Zé Povão
do campo dos problemas sociais.

E dizem muito mais:
dizem que Zé Povinho e Zé Povão
torcem, e gritam, e xingam,
e que masoquistas são
por dar e levar pancada
e antecipadamente pagar
por tamanha cacetada.

Eu, porém, não digo nada.
Quem gosta de pagar
e gosta do meio
que aproveite...
A Rua do Futebol
tem um ótimo passeio.

E, também,
ótimo passeio tem
a Rua da Fé,
onde não se cultua
o Santo Pontapé,
e sim um tal dom Cinismo,
que zomba de dona Zinha
dizendo enfaticamente:
A verdadeira Rua da Fé
é a minha...

Assesta pois a luneta.
Verás que a Rua da Fé
vai além, muito além
das fronteiras do planeta.

É rua cheia de tretas,
e de treta
e nela sei que verás
o que não vi em teu planeta.
Verás mistificadores
atraindo multidões

e delas extorquindo,
em nome do Senhor,
o vil metal aos milhões.

E nela verás pagodes,
centros, tendas e mesquitas,
sinagogas, catedrais
e outras igrejas mais
onde se louva a Deus
segundo os rituais
e se apascenta o rebanho
dos votos eleitorais.

Diferem nos rituais,
mas dizem que são iguais
no modo de pôr a mão
no óbolo do Senhor.
E dizem que algumas são
tão sutis e convincentes
no modo de pôr a mão
que Ali Babá e os quarenta
mui bons alunos seriam,
porém péssimos docentes.

E de vez em quando pintam
ou reformam as igrejas,
desde que todos sintam
que os tempos estão mudando
e a receita, fracassando.

E criam maneiras novas
de louvar a Deus cantando,
pois o estão louvando já
em ritmo de iê-iê-iê...
aproveitando a guitarra,
bateria e não sei quê...
E dizem que é preciso
alegrar o bom caminho
que conduz ao paraíso;
e que é tudo uma questão
de bom senso e concessão.

E dizem que estão pensando,
em nome da concessão
e do bom senso em geral,
se passarão a louvar a Deus
com marchas de Carnaval.

E claro está que, depois,
em nome do bom senso
e da concessão,
tirar vão Deus do altar
e entronizar Satanás
como Pai em seu lugar.

Eu, porém, não digo nada,
porque em Deus ainda creio.
Mas garanto que até Deus,
vendo e ouvindo,

sentado ou de pé,
o que se faz e se passa
na Rua da Fé
deve ficar de saco cheio.

– E quem são
aqueles dois que estão
entrando naquele templo?

Aqueles dois, Saturnino,
são o bom exemplo
de princípios
que deve existir entre irmãos.

Um se chama Caim,
vai sempre de carro ao templo:
é da Rua da Minoria.
O outro se chama Abel,
ao templo vai sempre a pé:
é da Rua da Maioria.
E ao templo juntos vão para rezar.
Mas Caim não demonstra muita fé,
ao contrário de Abel,
que, pensando em Caim,
vive rezando assim:
Somos irmãos
e viva a fraternidade,
embora não tenhamos
um pouco mais de igualdade.

Somos irmãos
com direito ao mesmo teto,
mas meu irmão tem três casas
e outras tantas em projeto;
e eu, Abel,
de uma lhe pago aluguel.

Somos irmãos
com direito à liberdade,
mas Caim diz que o direito
é mera formalidade.

Somos irmãos,
mas Caim é uma graça,
enquanto bebe champanhe
vai fabricando cachaça.

Somos irmãos,
mas Caim é um farsante,
condena-me porque bebo,
sendo ele o fabricante.

Somos irmãos,
mas Caim é ambicioso,
quer tudo para si próprio
em função do próprio gozo.

Somos irmãos
com direito a mesma fé,
mas Caim ora de carro
e eu, Abel, oro de pé.

Somos irmãos,
mas Caim é sem-vergonha,
em termos de religião
toma a fé gota por gota
e quer que eu, Abel, a tome
de caneca e garrafão.

Somos irmãos
e viva a fraternidade
em nome do grande arquiteto
e do universo à verdade.

E fechemos a janela
durante quatro minutos.
Quero dizer-te agora,
como cumpridos são,
por ateus e não ateus,
os dez mandamentos da lei de Deus.

"Amar a Deus sobre todas as coisas."
Sim, cumprido é
o primeiro mandamento
tal e qual,
pois apenas cem por cento
estão amando o vil metal.

“Não tomar nem usar em vão o nome de Deus.”
Sim, cumprido é o mandamento.
Porém, nunca cem por cento.

“Guardar e santificar o sábado do Senhor.”
Sim, todos o santificam,
sejam grandes ou pequenos:
comendo ou bebendo mais,
ou bebendo e comendo menos.

“Honrarás teu pai e tua mãe
para que se prolonguem
os teus dias de vida.”
Sim, cumprido é o mandamento,
pois morrendo estão mais cedo
somente oitenta por cento.

“Não matarás.”
Sim, cumprido é o mandamento,
pois matando estão, somente,
mais do que antes se matava,
apenas quinhentos por cento.

“Não adulterarás.”
Sim, cumprido é o mandamento,
mas afirmativamente,
senão por toda a gente,
por uns setenta por cento.

"Não furtarás."
Sim, cumprido é o mandamento,
mas somente por alguns,
dependendo do momento...

"Não dirás falso testemunho."
Sim, cumprido é o mandamento,
pois apenas são perjuros
noventa e nove por cento.

"Não cobiçarás a mulher do teu próximo."
Sim, cumprido é o mandamento
tal qual o temos diante,
pois cobiçam e fornicam
só a mulher do distante.

"Não pecarás contra a castidade."
Sim, cumprido é o mandamento
por muitos estupradores
e não sei quanto por cento.

Os minutos se passaram,
sejamos pontuais,
embora na Favelândia
a dona Pontualidade
não ultrapasse os limites
de mera formalidade.

Abramos, pois, a janela.
E tu assesta a luneta,
mas bem na direção
daquele grande canhão
que lá está. E verás
a curta Rua da Paz.

Rua curta e sem asfalto.
Pura terra.
E sempre ensanguentada pela guerra,
chame-se ela quente ou fria,
ou santa ou de pecado,
pois quer seja guerra quente,
quer seja guerra fria,
quer seja guerra santa ou de pecado
todas provocadas são
por Mercúrio ou por Mercado.

Pouco se luta por mares,
pouco se luta por ares,
mas se luta pelo que têm
ou pelo que contêm.

Pouco se luta por terra,
mas muito pelo que encerra:
se não por óleo, petróleo;
se não por ferro, minério.
E nisso não há mistério...

Já dizia dom Manuel
no dia de Santo Antão:
Queiram ou não
Mercúrio e Mercado são
quem manda e desmanda
no marte da Exploração.

Na curta Rua da Paz
todos dizem que se faz
grande faturamento
em trono dos arsenais.
E dizem que o "Armai-vos uns aos outros"
é um velho mandamento
que não está registrado
no Velho Testamento.
E também dizem que o lucro
sobre o faturamento,
dependendo do armamento
e do lugar e da cantiga...
deve andar, mais ou menos,
em torno de *xis* por cento.
E o traficante que o diga...

Já dizia dom Vitélum:
Sis vis pacem para bellum.
E assim se faz
na curta Rua da Paz.

— E quem é aquele ser
que parece um urubu?

É o dono dos arsenais:
chama-se Belzebu.

Amigo, não dês risada.
Afinal, não é piada
o que tenho declarado,
embora muitos me julguem
um tanto exagerado.

E agora inspira bem
o aroma da petúnia,
não quero que sintas tanto
o mau cheiro que vem vindo
da Rua da Calúnia.

Olha, lá está ela.
Tremedal da podridão,
onde a politicalha se diverte
e o respeito se afunda e se perverte
pelo sim e pelo não.
É nojenta e fedorenta,
e de porcos povoada,
e onde a honra e a razão
não representam nada.

Interesses ocultos
se escondem nessa rua,
onde a falta de decoro
se instalou e continua...

E continua também,
nojenta e fedorenta,
a Rua da Traição,
onde todos prestam culto
à deusa-da-afrodisia,
se juntos se conjugarem
meio, lugar, ocasião.

Na Rua da Traição,
onde a senhora Moral
nem sequer vestida encosta,
andam todos enfeitados
com dois corninhos na testa
e um rabo de contrapeso
tal qual o Diabo gosta.

E dizem que nela cai
quem nela entra e tropeça
e que nem o Diabo sabe
onde e como ela termina
e tampouco onde começa.

E que dizer então
da nojenta, e fedorenta,
e peçonhenta
Rua da Corrupção,
onde a canalha se encosta?

Eu nada tenho a dizer,
mas dizem por aí que são
os bons filhos da Política
quem dela mais gosta.

E dessa rua peçonhenta
muito mais outros dirão,
eu não.
Eu apenas dizer posso,
pelo bem da Favelândia e do Senhor,
que sejam condecorados
com as grades da cadeia
corrupto e corruptor.

E que dizer então
da nojenta, e fedorenta,
e peçonhenta
Rua dos Regimes,
onde se joga e se luta
e a partida se disputa
entre dois, três ou mais times?

Eu não posso dizer nada.
Porém, dizem as más línguas
que a torcida se divide
e grita, ou fica calada
dependendo do revide
ou do filho da Política
que está dentro da jogada...

E dizem também alguns
que no jogo vale tudo:
pontapé, bola na mão,
calço, cama de gato,
rasteiras e bofetões;
e que o importante é ganhar
o jogo das eleições;
e que ganhe quem ganhar,
seja branco, seja preto,
amarelo ou mulato,
prevalece inalterado
o mesmo fato:
o Zé Povão paga a conta
e o Zé Povinho, o pato...

Oh! Ruazinha nojenta,
fedorenta, peçonhenta,
sem compostura,
onde uns comem papa quente
e outros comem papa fria,
e o Zé Povinho, a dita dura.

Estás vendo aquela rua
cheias de cruzes, forcas, paredões?
É a Rua da Liberdade,
onde se vendem crânios a picado,
perônios por atacado,
e costelas aos milhões,
e lembranças e saudades
em suaves prestações.

Rua da Liberdade,
tão cheia de paradoxos
quanto a Sociedade.
E a história nos ensina
onde e quando começa,
e onde e como termina.

Estás vendo aquela rua
que parece realidade?
E toda, toda enfeitada
com festões de caridade,
e vistosa fantasia,
e aparente simpatia?
É Rua da Fraternidade,
onde se esbanja confete
e bastante serpentina,
que tem por finalidade
impressionar a retina.

As aparências enganam,
já dizia o Zé da Esquina.

Estás vendo aquela rua
entre a da Liberdade
e a da Fraternidade?
É a Rua da Igualdade,
que dispensa comentário.
Nela mora um sonhador:
chama-se Otário.

E agora, meu caro amigo,
deixemos o apartamento.
Chegou, enfim, o momento
de espairecer por aí...

CAPÍTULO 3

Devagar caminharemos
pela Rua da Cisterna
e logo, logo estaremos
na Praça da Baderna.

Pronto, meu caro amigo,
eis a Praça da Baderna,
assim chamada,
e de Praça da Desgraça
apelidada,
pois muito se explora a praça
com filmes de toda raça,
e com dramas e comédias,
e romances e tragédias,
e boates e cabarés,
e espeluncas e cafés,
comícios e carnavais,
festanças e festivais.

E nela se cometem
assassínios a picado,
matanças por atacado
e tantas desgraças mais
que, se fosse enumerá-las,
ficaria a vida inteira
sentado para contá-las.

Na praça ficam sentados
os homens disso e daquilo...
Olha, lá está Pilatos,
plácido e tranquilo.
E junto dele está dona Mamata
de mão dada com Judas e Caifás.
Conversam sobre alguma
negociata.
E olham de vez em quando
para o lado e para trás
com medo de que descubram
como o "negócio" se faz.

De vez em quando na praça
aparece dona Greve
em nome dos direitos que a lei dá.
E para bem protegê-la
aparece Bafafá
munido de cassetetes,
e escudos especiais,
e outras coisinhas mais...

E dona Greve grita e continua...
e termina, quase sempre,
no chamado olho da rua,
porque assim quer Bafafá
em nome dos direitos que a lei dá.
Há de tudo nesta praça.
Há preconceito de raça,
há preconceito de cor,
não sei por que cargas d'água
há preconceito de amor.

E também na praça existe
grande central de agiotagem,
onde a grande ladroagem
causa medo e mete medo,
porquanto logo de entrada
arrancam os anéis
e num aperto de mão
arrancam depois o dedo.

Há de tudo nesta praça.
Olha lá... que prédio fabuloso!
E olha o que diz
o letreiro luminoso:
"Casa de Jogatina Estatal
e dos Bicheiros,
e do Et Cetera e Tal,
e dos Judas-tesoureiros".
E dizem que ali tudo começou
lastreado em trinta dinheiros.

E dizem que é necessário
alimentar a ilusão
do Zé Povo, Zé Povinho e Zé Povão.

Há de tudo nesta praça.
Ali, naquele antro circular,
existe um lupanar
onde vergonha não há
nem tampouco pudor.
E nem queiras saber
o que lá dentro se faz
em nome do amor.
A bandalhocracia nele manda
e tem como vassalo a prostituta
chupadora de cana e percutora
da fabulosa Caixa de Pandora.
E dentro dele vive o rufião;
e em torno dele vive o proxeneta;
e perto dele vive o pederasta;
três elementos que são
filhos da mesma cepa e mesma casta.

Há de tudo nesta praça.
Ontem, naquela "Casa ao Lado",
vendia-se probidade
a quilo e a picado
por preço justo e sem tapeações;
hoje, porém, tudo está mudado:
vende-se exploração por atacado
e através de suaves prestações.

Há de tudo nesta praça.
Há chupim e tico-tico.
O tico-tico trabalha
e anda de lá para cá
em busca de uma migalha.
E o chupim, que nada faz,
ainda por cima atrapalha.

Na Praça da Baderna,
onde a mazela se esconde,
nascem ruas que lá vão...
e terminam não sei onde.

Olha uma delas lá...
a Rua do Vagabundo,
que, por falta de espaço,
prolonga-se e vai
além das fronteiras deste mundo.

Olha lá mais outra,
a Rua da Canalhice
com dona Pornografia
se exibindo noite e dia
em todas as posições...
e fomentando a nudez,
a bem da educação e da moral,
e a bem da exaltação da estupidez
e do animalesco sexual.

Olha mais três acolá,
a Rua das Estatais,
a Rua do Monopólio,
a Rua dos Cartéis,
inimigas letais da raça humana,
que põem, impõem e dispõem
de preço e prazo
dia após dia,
semana após semana.
E quem paga a conta são:
Maria, Mané, Bastião,
Zé Povo, Zé Povinho e Zé Povão.

Olha mais uma ali,
a Rua do Pirata,
onde a tal dona Mamata
é perita em negociata,
e na feitura de clones,
e ordenhadora da vaca,
de falência e concordata.

Olha mais uma lá,
a Rua da Informação,
onde vivem lado a lado
os órgãos da difusão:
rádio, jornal e televisão.
E dizem que nessa rua
a notícia verdadeira

caminha desfigurada
a vida inteira.
Eu, porém, não digo nada
e não porque não queira,
mas porque dizer não posso
tudo como se diz,
às claras, o *Padre-nosso*.

E muitas outras ruas há
aqui, ali, cá e lá,
aquém, além, acolá.

E becos sem saída, então,
nem saber queiras quantos são.

O beco do álcool é um;
o beco do tabaco é outro;
e o beco das drogas
é mais um, que vale por mil.
E os três destruindo estão
os princípios morais
e a saúde dos pais,
e de filhos, e netos, e bisnetos,
e da idolatrada mãe gentil.

Praça da Baderna!
Vou dizer-te o que se passa
dia e noite nesta praça.

Vem um e prega doutrina
e muito diz, nada ensina.

Vem outro, porque foi pago,
e fala de paz e guerra
e vai contando lorotas
e mentiras como terra.

E políticos vão, e vêm, e voltam,
e a verborreia aqui soltam
com promessas coloridas
que jamais serão cumpridas.

Muitos vêm para protestar
e outros vêm para revelar
o que dizem ser verdade,
mas logo os fazem calar,
porque falar a verdade
tumultua a situação,
principalmente se falam
em nome da oposição.

Muito se vende, e se compra,
e se troca, e se trafica
nesta maldita praça;
e muito se trapaceia,
e nada se dá de graça;
e se louva e se cultua
a santa sonegação
em nome de Santo Antão.

— E a fiscalização? Nada faz?

Faz... mas tudo na surdina
e por trás da cortina,
onde se esconde a Propina.

— E a lei?

A lei anda perdida e mal paga.
E diz o Zé Povinho
que quando vê dinheiro fica gaga.

Olha, lá está ela,
naquele banco sentada.
E pelas tantas vem um
e lhe dá uma piscada;
e outro vem, a belisca e logo diz:
A lei foi feita para ser burlada!
E outro, qual seja o Judas-tesoureiro,
descaradamente diz:
Na lei manda o dinheiro!

E diz o Zé Povinho,
reafirmando seu estilo:
Essa lei filha é disso e daquilo...

Eu, porém, não digo nada,
mas que já vi, vi
a lei sendo beliscada,
e comprada, e burlada.

— E de onde vem
esse maldito barulhão?

Vem da Casa da Moeda,
cujas máquinas estão
alimentando a inflação,
imposto que todos pagam,
mas muito mais o Zé Povo,
e o Zé Povinho, e o Zé Povão.

— E esse choro que ouço,
de quem é?

É do coitado Zé Furtado,
que, como eu,
pagou tudo direitinho
de acordo com a lei;
e se aposentou depois;
e, depois, mês após mês,
os cinco que ganhava
viraram três...
E por isso chora e diz:
Viva a lei justa e perfeita
que Deus nos dá
e abaixo a injusta lei de Ali Babá.

E abaixo a lei provisória,
que, em verdade,
nos põe no cu r to espaço de um minuto
fora da realidade.

– Mas que raio de lei é essa?

É uma lei que, de provisoriamente,
transforma-se em definitivamente.

– Mas que lei absurda!

Absurda no teu planeta.
No meu, chama-se treta...

E defendamos já a castidade,
antes que uma provisória
venha por trás e nos ponha
dentro da realidade...

Vês aquele sujeito
deitado ali no monturo?
É o chamado Respeito,
outrora tão belo e puro.
Sempre viveu na Rua da Moral,
onde o Pudor também morava.
E deles a Moral gostava.
E os três viviam harmonicamente.

Um dia, porém, de repente,
em nome do anticostumário,
e se dizendo moderna,
dona Novela saiu

da Rua da Informação,
despiu-se no Carnaval
e foi morar depois,
feito lady Godiva,
na Rua da Moral.
E começou a varrer,
dia e noite, noite e dia,
da referida rua
tudo que queria.
E não queria saber
se bem ou mal fazia.
E com ela levava
cadelas e cães
de ascendência burguesa,
que rosnavam,
e arranhavam o chão,
e os dentes arreganhavam
em defesa da chamada
moderna geração.

E quando tudo parecia
estar já limpo e varrido
e no devido lugar,
cadelas, e cães, e Novela
de uma só vez
pegaram o Respeito pela goela
e lhe quebraram os braços e uma perna,
e o deitaram no monturo
da Praça da Baderna.

— Vejo ali junto ao Respeito
um vulto semipelado
e muito maltratado.
É gente ou animal?

É o que sobrou da Moral,
outrora tão linda e bela,
e agora tão triste, e feia,
e de manchas negras cheia.

Expulsa da própria rua
por Novela e cachorrada,
foi pega pelo rabicho
pelos braços e uma perna
e jogada ali no lixo
da Praça da Baderna.

— E ao Pudor, o que aconteceu?

Saiu todo estropiado
da Rua da Moral
e foi para o espaço...
pentear a cabeleira de um cometa
com o pente da vergonha,
que sumiu do meu planeta.

Olha lá, Saturnino,
que nome sugestivo
aquele prédio tem:
Ladrões e Patifaria.

Nele instalada está
Corja, Canalha & Cia.
Empreendimentos,
de cuja diretoria
fazem parte os seguintes elementos:
Roubo de Veículos,
Roubo de Cargas,
Roubo de Crianças
"e de seus órgãos vitais";
Assalto a Bancos,
Assalto a Residências,
Assalto a Cidadãos,
Fraude,
Apropriação Indébita,
Sequestrador,
Extorsão,
Falsário,
Usurpação
e demais ladrões e canalhas
sem classificação.

Olha lá, meu caro amigo,
que nome dignificante
tem aquele prédio antigo:
Atos da Canalhocracia.

Nele instalada está
outra grande companhia
de empreendimentos,
de cuja diretoria

fazem parte os seguintes elementos:
Superfaturamento,
Corrupção Ativa e Passiva,
Gestão Fraudulenta,
Casuísmo,
Clientelismo,
Tráfico de Influência,
Interesse Corporativo,
Infidelidade Partidária,
Falsidade Ideológica e Teológica,
Jetom,
Nepotismo,
Fisiologismo,
Caudilhismo,
Peculato,
Abuso de Poder,
Concussão
e demais canalhices
sem classificação.

– E por que não se fecham
essas companhias?

Porque montadas estão
na burra-do-dinheiro.

– E a lei, onde está?

Só perguntando ao Judas-tesoureiro.

– E a justiça?

Eis aí a ratoeira
que pelo rabo nos pega.

– Por quê?

Porque a justiça daqui,
deste meu planeta,
além de ser perneta
dizem que é cega.

E por isso é que Abel,
irmão de Caim,
anda por aí
rezando assim:
Ó, respeitabilíssima
senhora da balança,
nem sempre justa e perfeita,
meu coração não se cansa
de bater por ti,
embora digam por aí,
e não se cansem de dizer,
que cego é quem não quer ver.

Ó, respeitabilíssima
senhora da balança,
andas pálida e fraca.
Retira a venda dos olhos,
passa um pouco de rouge,
dá-te alguns retoques...
e ficarás, socialmente,
a verdadeira dama-não-me-toques.

Pois só assim retocada
e vendo tudo,
fingindo que não vês nada,
do planeta para fora
porás as más companhias
e verás como melhora
a vida de nossos dias.

E verás então, senhora,
que o povo te erigirá
um grande monumento e te porá
no topo como deusa redentora.

E, terminada a oração,
Abel diz amém.
E eu também...

– E quem são os que estão
gritando e protestando
à porta do prédio antigo?

Aqueles, meu caro amigo,
entre outros coitados, são:
a desamparada
e não respeitada Velhice,
A Prostituição Infantil,
A Prostituição Juvenil
e o Trabalho Escravo Efetivo,
que tem da Prostituição
o mesmo objetivo...

E lá está protestando
também o Zé Furtado
por sentir-se espoliado,
e roubado, e esbulhado.

E ele mesmo me contou
como tudo começou.

Comecei, disse ele,
depositando uns trocados
numa chamada Poupança,
tendo em mira a esperança
de comprar uma casinha
dentro de quatro anos.
Teria de juntar trinta dinheiros.
E os juntei. E sabe Deus como!
Porém, na véspera do dia
marcado para comprar
a desejada casinha,

o Judas-tesoureiro
de um tal Banco Central
desvalorizou meu dinheiro,
e o preço da casa subiu
na mesma proporção
da desvalorização...
E o meu dinheiro sumiu.
Já não bastasse a inflação...
E, desde então,
além de ficar sem casa,
começaram a me chamar
de Zé Coitado,
que, traduzido,
significa fu di du
em bom chinês;
não falasse eu português.

E da Praça da Baderna
dizer-te mais eu não posso
como se diz por aí,
às claras, o *Padre-nosso.*

Porém, tu descobrirás
o que gira em torno dela
quando, enfim, eu te mostrar
a pústula social; uma favela.

CAPÍTULO 4

Vamos lá, meu caro amigo,
reabramos a janela
e assestemos a luneta.
Vou mostrar-te uma favela:
a pústula social do meu planeta.

Olha, lá está ela.
Parte dela
no morro encarapitada,
e o restante na baixada.

E santa Higiene mora perto dela.
E a santa foi quem me deu
esta bem apropriada
definição de favela:
Colossal promiscuidade
composta de pessoas da cidade,
e do campo, e de toda parte.

Destina-se ao fomento da bela arte
de construir barracos
e conservar pardieiros
às dezenas, aos centos e aos milheiros.

E arrola pessoal sem distinção
de raça, cor, credo ou profissão.

E os membros efetivos dela são:
o sem-teto, o desfavorecido,
e o sem emprego, o marginalizado,
e o sem eira nem beira,
e o mal remunerado.

E todo cidadão tem o direito
de não pagar imposto nunca
tal como faz o dono da espelunca;
de votar e ser votado
desde que seja de maior idade
e que tenha a faculdade
de saber ou não
assinar o próprio nome
mesmo que dois e dois quatro não some.

E junto à favela escorre
um pequenino riacho.
Eu o conheço bem desde pequeno.
Era tão belo, límpido e sereno!
E tinha em sua voz canção divina!
E água fresca e pura e cristalina!

Nele se refletia a imagem linda
do céu cheio de luz de glória infinda!

Paraíso de rãs e de peixinhos
e dava de beber aos passarinhos!

De repente, porém, tudo mudou...
Junto dele a favela se instalou
e o transformou em cloaca repelente
de excrementos, detritos e mistela.
Não mais deu de beber aos passarinhos,
forçaram-no a mudar de clientela...

E na favela existe uma espelunca.
E dizem que o dono dela,
Judas Sarapatel chamado
e Judas da favela apelidado,
fatura verbas polpudas
à custa de ervas taludas
e de pós fenomenais,
causa de crimes, e vícios,
e lotação dos hospícios,
e precoces funerais.
E dizem que nunca, nunca
o fisco bate à porta da espelunca.

– E por que tanta mosca
fora da favela?

Porque não cabem todas dentro dela.

– E o que santa Higiene diz?

Com mosca de favela
santa Higiene não se importa.
Apenas torce o nariz.

A mosca de favela é diferente...
Não transmite doenças, ao contrário,
ajuda os moradores todo mês
a conquistar troféus de robustez.

– E das pulgas, o que diz?

Com pulga de favela
santa Higiene não se importa.
Apenas torce o nariz.

Pulga de favela é diferente...
Não transmite doenças, ao contrário,
ajuda o cão favelado
a ficar forte e corado.

– E dos mosquitos?

Com mosquito de favela
santa Higiene não se importa.
E nada diz.
Nem sequer torce o nariz.

Mosquito de favela é diferente...
Não transmite doenças, ao contrário,
ajuda os moradores todo mês
a manter o padrão de palidez.

– E dos ratos, o que diz?

Com rato de favela
santa Higiene não se importa.
E nem sei se algo diz,
e nem se torce o nariz.

O rato de favela é diferente...
Não transmite doenças, ao contrário,
faz do gato favelado
bichano feliz
e bem alimentado.

– Caramba! Que bafo quente!

Vem do ar que circula na favela.
E a santa também o sente
e também diz que o bafo é quente,
mas sem poluição;
e que faz muito bem quando inspirado,
principalmente ao cérebro e pulmão,
e que cura erisipela
se inspirado no centro da favela;
e que não há tuberculose

que aguente o bafo quente
inspirado em alta dose;
e que cura defluxo e meningite
além de ser fatal para bronquite;
e que cura ou mitiga
qualquer dor de barriga;
e que restaura dente careado
se para o dente for canalizado;
e que faz crescer penas em peteca,
pelos em ovo e cabelos em careca;
e que enfraquece o falo de políticos
que não querem resolver
os problemas da favela
e também do bafo quente
que circula dentro dela;
e que dizem certos magos
que, para cuidar do bafo,
políticos são eleitos
e muito bem pagos.

E também a santa diz
que todos, todos se queixam
dos males da situação,
mas que nem por isso deixam
de fomentar e aumentar
as fontes da poluição.

E eu lhe dou toda razão.

E também a santa diz,
em noites de verão,
que o pequenino riacho,
se fosse canalizado,
não estaria engasgado
com lixo em fermentação.

E eu lhe dou toda razão.

O riacho, realmente,
em noites de verão
fede mais do que o bafo
de boca de leão.

E vou dizer-te agora
o que me disse outrora
um notável patriota
em véspera de eleições:
Meu filho, com mil perdões!
Sei que não és idiota
e que sabes muito bem
que rende muito mais votos
e que fica mais barato
desenterrar megatérios,
construir mais hospitais
e alargar os cemitérios
do que cuidar de riachos,
ou de rios e canais,

ou de moscas e mosquitos,
ou de pulgas ou de ratos,
ou de quaisquer animais,
e muito menos de bafos,
quentes ou glaciais,
tenham eles ou não
poderes fenomenais.

E não é que o patriota
tinha razão?!
Ele foi reeleito... e eu não.

Assesta agora a luneta
naquele ponto... e verás:
autêntico atestado de incompetência
da civilização em decadência;
enorme disparate estacionado
no cume da ciência
e da técnica modernas;
autêntico atestado
de óbito antecipado.

Abismo de perdidas ilusões;
massacre de almas e corações;
cruel e fatal buraco,
ou seja, um autêntico barraco.

E poderás ver também
labiríntica viela
e um cornudo andando nela.

— E quem é esse cornudo?

É o Diabo rabudo.

— E por que o Diabo na favela?

Porque quando lhe disseram
que a favela suplantava
as penas do próprio inferno
de perto ele quis ver
se era mesmo verdade
tudo que ouvira dizer.

E penetrou na favela
pela janela do inverno;
e sentiu um calafrio
e pontadas na espinhela;
e espirrou e peidou,
mas nem por isso parou;
de perto queria ver
tudo que ouvira dizer.

E enquanto andava e olhava
contraiu um resfriado
que o deixou desengonçado

e o fez perder o apetite,
mas nem por isso parou;
de perto queria ver
tudo que ouvira dizer.

E o atacou a bronquite;
e maldizendo da vida
e da própria sorte
num barraco penetrou,
mas o cheiro era tão forte
que suplantava o da morte.

E o Diabo vomitou
e começou a chorar;
e depois se pôs a gritar
e tanto, tanto gritou
que acabou ficando rouco;
e os olhos arregalou;
e pôs fogo pela boca;
e acabou ficando louco.

De perto quisera ver
tudo que ouvira dizer.

E viu... e louco ficou.
E nem o bafo da favela,
com todos os seus poderes,
até agora o curou.

– E por que se alastra a favela?

Porque já nem o Diabo
cabe dentro dela.
E também porque tigres e leões,
e gatos e gatinhas,
e fuinhas e furões
votaram e elegeram
os seguintes figurões:
vereador Boa Vontade,
deputado Promessa de Eleições,
prefeitos e senadores,
e Pilatos lava as mãos
nas mesmas condições.

– E todas as favelas são iguais
ou há exceções?

Favela é carapuça colossal
que se encaixa na cabeça
do meu planeta azulado,
modernamente chamado
Aldeia Global.
E passa das orelhas,
dependendo do lugar;
e vai além do pescoço
se o esterco da favela
for comprido, largo e grosso.

E seja na primavera
ou verão, outono, inverno,
as favelas, todas elas,
suplantam o próprio inferno.
E o pobre Diabo que o diga...
já dizia minha avó
fazendo figa...

E as favelas só variam
no nome, na cor, na norma,
e no tamanho, e na forma,
a caráter do país,
pois, seja ela vermelha,
branca, preta ou amarela,
não se lhe altera o matiz
das cores da mazela.

Há favelas e rebanho
de todo tipo e tamanho.

E os nomes que à favela dão
rimam em qualquer língua
com falta d'água, luz e pão.

E democratas todas são,
assim dizem todas elas.

Eu, porém, não acredito
no que dizem as favelas,
embora a democracia
se veja estampada nelas.

E não creio, simplesmente,
porque cada uma tem
uma estampa diferente
que parece um arremedo
ou falsa fotografia
dessa tal democracia.

Mas creio, firmemente,
que, um dia,
a bela democracia
acabe com a favela
e ponha no lugar dela
um belo apartamento igual ao meu...
mas com bastante espaço
e menor janela;
e cujo dono seja eu,
e não o Fariseu.

Acredito,
mas vou esperar sentado,
pois diz dona Esperança:
Quem muito espera de pé
mais depressa se cansa.

E aqui trunco o pensamento
para contar-te sentado
uma história edificante
que me ocorre no momento.

Está escrita, Saturnino,
no Novo Testamento.

Mas contá-la vou
resumidamente
e sem acento, e sem métrica,
e sem rima frequente,
dizendo:
Prenderam Jesus e o levaram à presença de Pilatos.
E o acusaram de sedicioso e blasfemo.

E Pilatos o interrogou e não viu nele indícios dos "crimes" de que era acusado.

Mas a multidão, desvairada e manipulada por "forças ocultas", insinuou que as mãos do titubeante Pilatos não estariam lá muito limpas...

E se criou um impasse: ou Pilatos lavava as mãos ou teria que prestar contas a César.

Tinha Pilatos, portanto, duas opções.
E, como bom filho da Política, optou pela primeira.
Lavou as mão e se dirigiu à multidão, dizendo:
Estais vos preparando para comemorar a Páscoa.
E tendes por costume que liberte um preso durante a festa.
Pois bem, tenho aqui dois.
Um é Jesus, o mestre; o outro é Barrabás, o ladrão.

Porém, como não é do meu feitio cometer injustiças, quero que vós mesmos decidais, democraticamente,

quem dos dois deve ser posto em liberdade. Portanto, às urnas.

E a multidão votou, livre e democraticamente, pela liberdade de Barrabás, o ladrão, e pela condenação de Jesus, o mestre.

E desde então, Saturnino,
no meu planeta azulado,
democraticamente,
outra coisa não se faz
senão derrotar o mestre
elegendo Barrabás.

E aponta agora a luneta
na direção do zoológico.
E lá verás muitas aves,
répteis e outros animais,
e também uma preguiça
que por natureza é lerda
se comparada aos demais...
E depois guarda a luneta,
que amanhã é outro dia.
E depois fecha a janela.
E viva a democracia!
Não obstante a estupidez
da Rua da Maioria.

CAPÍTULO 5

Aponta hoje a luneta
na direção do barraco
e me diz se vês alguém
à porta dele sentado.

— Eu vejo um jovem barbado
com aparência de fraco.

É Adão ressuscitado,
que pediu pra renascer
e na favela viver
por achar que na favela
há lugar adequado
onde pode redimir-se
daquele grande pecado,
que, por sinal,
ainda hoje é chamado
de pecado original.

Pois segundo a teoria
que tem como engenharia
a reencarnação
quem pecou tem de voltar
à Favelândia e pagar
pela própria evolução.

E foi o que fez Adão,
se bem que tenha exagerado
ao escolher a favela
como meio apropriado
de alcançar a remissão
do castigo e do pecado...

E aquela jovem bonita
que lá vês toda enfeitada,
fingindo que não quer nada,
mas que disfarçadamente
olha constantemente
na direção de Adão
é Eva ressuscitada,
que pediu para renascer
e na favela viver
em péssima condição
por achar que foi culpada
do pecado original
cometido por Adão.

Porém, pelo jeito dela,
e pelo que tenho visto,
e por todos os sinais...
parece que Eva pretende
que Adão peque uma vez mais.

Adão e Eva voltaram
para pagar os pecados,
mas já na condição
de bem-aventurados.

Parece esquisito,
mas está escrito:
"Bem-aventurados
os humildes de espírito
porque deles é o reino dos céus".

Oh! Bem-aventuradas imposturas
que fazem das favelas sepulturas!

Pobre Adão ressuscitado!
Bem-aventurado e fraco,
parece um pária à porta do barraco.

Anos atrás, quando menino,
Adão na rua vivia.
Hoje vive na favela,
de onde sai meio cansado
logo ao romper do dia.

Vai atrás do ganha-pão...
É servente de pedreiro.
E trabalha o dia inteiro
carregando pesadão
material de construção
de casas e arranha-céus.
E de noite reza e pede
ao onipotente Deus
que o ilumine e guarde
e o redima do pecado...
e que lhe antecipe a parte
que tem no reino dos céus.

Mas no barraco de Adão
só penetra a luz do dia
e a luz de lampião
que de noite o alumina
no meio da escuridão.
Não penetra a do alfabeto
nem voluntariamente,
nem tampouco por decreto.
E talvez por isso Adão
antecipadamente conquiste
a remissão do pecado...
E o favor de receber,
diretamente de Deus,
a prometida parcela
do reino dos céus.

E quando Adão já cansado,
por ter dormido tão pouco
e tão mal acomodado,
sai da favela, apressado,
enfrentando a manhã fria
a caminho do trabalho,
tem de penetrar
num dos meios de transporte
chamados popularmente
meios de condução,
que podem ser: caminhão,
ônibus, trem ou barcaça,
que são os mais acessíveis
meios de locomoção.

De ônibus viaja Adão
e sempre, sempre de pé,
e sempre, sempre apertado,
e sempre, sempre pisado,
e sempre, sempre empurrado,
quer ele queira, quer não
e sempre na condição
de simples operário.

E no almoço ou jantar
come só o necessário.

Em compensação
o meio de condução,
por ser Adão bom freguês,
come-lhe mês após mês
metade ou mais do mínimo salário.

Olha lá Eva e Adão,
e conversando estão.
E apaixonados pelo jeito.
E devem sentir no peito
aquela vontade ardente
e aquele impulso incontido
que os levarão certamente
ao encontro da serpente
e do fruto proibido...

Adão é sonhador.
Sonha ter um lar estável,
e uma casa ensolarada,
e muita felicidade
num dos bairros da cidade,
de preferência bem alto
e servido de água e luz
e de esgoto, escola, asfalto.

Adão sonha,
embora nem cama nem fronha
tenha para dormir,
pois só dorme sobre tábuas qual faquir.

Adão sonha.
E frequentemente vê
um mágico extravagante
fazendo, durante o sonho,
de seu barraco um restaurante;
e da luz do lampião,
luz fluorescente;
e de caixa de madeira,
linda e fina cadeira;
e de tábuas carunchadas,
linda e brilhante mesa
onde o mágico vai pondo
recheados perus, tortas, quitutes,
manjares, frutas, vinhos e vermutes,
compotas, omeletes, caviar
e tudo que se possa imaginar
para o bom e refinado paladar
de quem para dormir tem boa fronha,
ao contrário de Adão, que apenas sonha.

Mas não penses, caro amigo,
que é somente Adão quem sonha,
pois muitos são os que sonham
com casa, comida e fronha.

E sonhadores existem
que sonham mesmo acordados;
e muitos são os que têm

sonhos camuflados;
e muitos são os que sonham
ser um Nero sacripanta
ou Alexandre, o Grande,
visto que o nó górdio,
apesar de ser um só,
todos o têm atado
no timão da garganta...

E muitos há que do sonho
são grandes profissionais.
E muitos deles, que eu saiba,
às vezes, sonham demais.

E a um desses foi que, um dia,
perguntei se saberia
resolver, sem gritaria,
o problema da favela,
ao que ele me respondeu
sem mais essa ou mais aquela:
Simples equação de matemática
cuja solução se encontra
aplicando a seguinte prática:
examina-se da favela
o estado crítico
à luz do raio x social-político
e se acha o x do raio de um partido
que divida o produto dos extremos
pelo meio conhecido...

E eu achei que o sonhador,
com tão sábia decisão,
tinha razão matemática
se utilizada na prática
a tão sábia solução.

E um dos grandes sonhadores
que, às vezes, sonha acordado
é o chamado Protesto,
que não aceita que o montem
nem que lhe ponham cabresto.

Está sempre protestando
na Praça da Baderna,
mas gosta de discursar
e de fazer orações
na Praça da Lanterna,
onde podes vê-lo agora,
violentamente atacado,
se assestares a luneta
na direção do mercado.

É que o chamado Protesto,
embora tenha valor,
além de sonhador,
é também um grande sacana:
decorou sete discursos
e os repete dia a dia,
semana após semana.

E também dá sugestões,
não bastassem os discursos
e notáveis orações.

Por isso está onde o vês
falando com altivez,
dizendo com certa graça:
Atenção, atenção,
senhora Sociedade!
Diretamente falando
da Praça da Lanterna,
eu te sugiro que exponhas
e que explores a favela
bem ali no centrinho
da Praça da Baderna.

Não exploras o sexo,
e o álcool, e o fumo
em nome da fatura e do consumo?

E desse argumento me valho,
porque sei que ampliarias
o mercado de trabalho.

Além disso, Sociedade,
imagina que beleza
a favela no centro da cidade,
representando ali a pura essência
da tua progressista incompetência!

Imagina que maravilha
a favela se dizendo
tua legítima filha!

Porém, afirmarias, categórica
e terminantemente,
tratar-se de uma página folclórica
diante de toda gente.

Seria um verdadeiro chamariz
e folclore a caráter do país.

E para entrar na favela
pedágio se cobraria.
E no alto de um palanque se poria
um palhaço, algo eloquente,
e a boca do tamanho de um Vesúvio
dizendo: Venham, entrem, venham ver
os últimos vestígios do dilúvio!

E por entre o ir e vir,
Eva e Adão a sorrir,
vendendo recordações:
pedacinhos de barraco,
e velas de estearina
com que a favela à noite se ilumina;
e vidros de água-benta do riacho;
e um pouquinho de bafo engarrafado
para diariamente ser cheirado.

E no centro da favela,
servindo de atrativo,
a espelunca vendendo
exótico aperitivo.

E a renda, toda ela,
se não houvesse ladrões,
transformaria a favela
em belos apartamentos
ou casas ou casarões,
destruindo os fedorentos
barracos e barracões.

E por hoje é só...
Tenho de fugir.
Amanhã direi mais...
Lá vem vindo a passos largos,
munido de cassetete,
o contratado de Juno:
o vigilante Argos.

E assim é, meu caro amigo.
O Protesto sonhador
não se cansa de falar,
ora sugerindo ou criticando,
ora aconselhando ou rezando.

E amanhã ele dirá,
com o devido requinte,
aos bons filhos da Política
poeticamente o seguinte:
Não a sentis, mas sabeis
que a dor feito mazela
vive enroscada no peito
da gente da favela.

E por isso eu pergunto:
será justo, pois, que essa gente viva
em condições de vida primitiva?

Será que não existe por aí
outro Moisés demagogo
que libertá-la queira
da falta de esperança e da sujeira?

Não haverá no mundo um cavalheiro
que desenterrá-la queira, sem estrago,
das ruínas de Pompeia e de Cartago?

É gente de uma pátria que é de todos
independentemente
dos tempos e dos modos.

É nota musical da mesma pauta
quer seja ao som de banda
ou som de flauta.

É letra do mesmo verso
e da mesma poesia do Universo.

E por que então, nobres e bons filhos,
não decidis imitar
o gesto de Beatriz
e ao bem-estar social reconduzis
toda essa gente infeliz?

E por hoje é só.
Amanhã direi mais...
Lá vem vindo a passos largos,
munido de cassetete,
o contratado de Juno,
o vigilante Argos.

E depois ele dirá,
com o devido requinte,
aos donos da Favelândia,
politicamente, o seguinte:
Queremos um Estado competente
que seja nosso guia e não senhor;
que saiba conduzir e encaminhar
e não às bofetadas empurrar;
um Estado que seja professor
a bem da educação e da cultura;
e que nos poupe de taxas,
senão em vida, na sepultura;
que cuide da saúde popular,

do pão nosso e do nosso bem-estar;
e que impeça, em toda a liça,
que esqueçam os processos na gaveta,
pondo ordem no Direito;
disciplina na justiça;
e que acabe de vez com a Propina
que anda disfarçada de Suborno
no passeio da Rua do Contorno;
um Estado que caminhe e não dê salto,
e nos dê água, luz, esgoto, asfalto;
e que seja excelente construtor;
mas nada de aluguel e de senhor;
um Estado, enfim,
que seja forte a bem do povo
e dono da galinha,
mas não do ovo.

E que assim seja, eu espero,
em nome do Zé Povinho,
do Zé Povo e Zé Povão,
e também da Povoazinha,
que, juntos, são
os que sustentam a galinha.

E por hoje é só...
Até segunda-feira.
Amanhã é domingo,
dia de rezar.
E lá vem vindo a passos largos...

E o Protesto também reza,
caro amigo Saturnino,
e não se cansa de rezar.
Mas diz certas orações
que dão o que falar.
E uma dela é esta,
que reza durante a sesta:
Ó, Cristo, olha pra isto...
E vê se tem cabimento
viverem neste tormento
os filhos da Favelândia,
cuja favela se estende
da praia à Interlândia.

És o salvador dos homens,
dileto filho amoroso
de Deus todo-poderoso.

Dissestes que subirias...
E que depois voltarias...

E por que não o fizeste?
Não achas que está na hora?

Usa para descer agora
a nave em que subiste outrora.
Do céu à Favelândia
é quase tudo descida.

Mas desce numa favela
e verás quanta mazela
há dentro dela escondida.

Verás criança despida,
faminta, subnutrida.

Água? Nem por encanto.
Lixo? Por todo canto.
Livros? Nem por decreto.
Há carência de ensino
e excesso de analfabeto.

Porém, não venhas só.
Traz bastantes legiões...
E traz o látego, também,
que usaste em Jerusalém
contra os vendilhões,
que atualmente já são tantos
ou mais do que ladrões.

E não queiras desta vez
o chão forrado de palmas,
nem jumento de transporte,
nem queiras ganhar as almas
apenas após a morte.

E que assim seja, eu espero,
em nome do Zé Povinho,

do Zé Povo e Zé Povão,
e de todos os coitados
que sofrendo estão.

E assim sendo, caro amigo,
e diante do que viste
e de tudo quanto ouviste,
talvez possas deduzir
que embora tenha valor,
o Protesto, muitas vezes,
vai além do sonhador.

E fechemos a janela,
e guardemos a luneta.
Escurece na favela
e em metade do planeta.
E visitar-me vem hoje
um poeta meu amigo
que escreve, filosofando,
sonetos e mais sonetos
que tenho aqui comigo.
Eu os considero
verdadeiros regalos,
mas deixo a teu critério
o arbítrio de julgá-los.

Depois de ter ouvido o burburinho
do vento a caminhar pelo arvoredo,
de umas asas vibrando sobre um ninho
e das ondas do mar contra um penedo.

E depois de admirar o sol a pino,
e a lua despontando no horizonte,
e o desfilar de um rio cristalino,
e o jorro murmurante de uma fonte,
e descobrir que tudo se renova
constantemente a fio como prova
de que tudo que existe é imortal,
não creio que o homem seja lama só,
não creio que o homem seja apenas pó
no seio do complexo universal.

O tempo passa, é voz corrente,
e a gente crê nessa ilusão,
e o tempo fica indiferente,
levando a gente pela mão.

A gente para e nota, então,
que o que passou, constantemente,
não foi o tempo, foi a mão...
que atrás de si carrega a gente.

O tempo fica... e nós pensamos
que o tempo vai e nós ficamos
para ver como o tempo passa...

Mas, vai outono, vem inverno,
a gente vê quem é eterno...
e só então fica... sem graça.

De tanto ver subir a ladroagem,
e a riqueza nas mãos de certa gente,
e de ver como cresce o incompetente,
e aumenta o cabedal da vadiagem,
e de ver quanto aumenta a rapinagem
no campo da usura diariamente;
e de ver que a lisura está doente
por causa de tamanha sacanagem,
e de ver que cada dia mais e mais
cresce e cresce o rol dos comensais
à mesa colossal da corrupção,
digo, de coração, que tenho medo
de que um dia me roubem algum dedo
num simples e breve aperto de mão.

Se amigo teu não quer cair em si...
e por cima de alguém cair não sabe,
por não saber cair, talvez desabe
escandalosamente sobre ti.

E quando se vir livre dos escombros,
de sair vencedor talvez se gabe
e, ufano e com desdém, talvez acabe
esparramando pó sobre teus ombros.

Mas ai se depois disso não tiver
como cair em si... ou não quiser
do erro em que caiu se arrepender,

talvez então lhe falte algum amigo
e tenha de cair sob inimigo
deliberadamente ou sem querer.

Como vês, meu caro amigo,
o homem não é só pó;
e o tempo fica... não passa;
e corruptos e ladrões
crescendo estão por aí...
e cai sob inimigo
quem não quer cair em si...

Mas, além de ser poeta,
esse meu amigo tem
um pouquinho de profeta
e um pouco de fantasia.
E por isso foi que fez
a seguinte profecia:
Os bons filhos da Política,
que em relação à favela
não querem cair em si,
certamente cairão
dentro e fora dela.
E Zé Povo, e Zé Povinho,
e Zé Povão
enterrá-los-ão
nas urnas da eleição.

Diz ele que é profecia.
Eu digo que é fantasia,
embora não acredite
que Zé Povo, Zé Povinho
e Zé Povão
tenham desse teu amigo
a mesma opinião.

Vou ver quem bate à porta
com tanta insistência.

CAPÍTULO 6

— Quem era?

Era sua excelência,
o homem dos passos largos...

— O vigilante Argos?

E dona Sociedade.
Estão caçando fantasmas.
E me disseram que viram,
manipulando a luneta,
um fantasma diferente,
talvez de outro planeta.

— E daí?

E daí vou te mostrar
alguns quadros do momento
que tenho aqui guardados
no meu apartamento.

O primeiro que aqui vês,
colorido e bem pintado,
retrata o supermercado,
o inimigo da fome,
que faz jus ao próprio nome;
limpo, e asseado, e fino;
e tem do bom ao melhor
e do grande ao pequenino.

Mas, talvez por falta de arte,
ou de estilo, ou de engenho,
ou de malfeito desenho,
ou talvez por conveniência,
puseram lá uma porta
tão alta e tão larga
que passaram por ela de braço dado
dona Consciência e dom Pensamento
e ainda sobra espaço
para esticar um braço.

Entretanto, no supermercado,
não obstante a porta larga,
o salário de Adão ressuscitado
entra e sai sempre apertado.

E os bons filhos da Política
sabem de tudo isso,
como sabem, também, da existência
da favela, do porão e do cortiço.

Este outro quadro que aqui vês
se chama Cortiço,
um parente da favela,
que pouco difere dela.
São filhos da mesma mãe:
a senhora Privação.
Algo, porém, os distingue:
cortiço paga imposto,
favela não.

E, não havendo imposto na favela,
o cortiço imposto paga
por ele e por ela.

E os bons filhos da Política
sabem disso e muito mais,
mas disso só se lembram
em certas ocasiões
marcadas por eleições
ou carnavais...

Olha só que belo quadro
este aqui dos carnavais...
Olha o Cordão dos Foliões
que vivem na favela,
e em cortiços, e porões
em razão dos descalabros
sociais.

E o Cordão dos Descalabros
cada vez aumenta mais.

E o Cordão dos Foliões,
atrelado ao carro do rei momo,
anda, pula e dança,
mas anda, pula e dança não sei como,
pois ora parece que vem,
ora parece que vai,
e ora parece que anda,
e ora parece que cai.
E acompanhado vai da Exploração...
de confete e serpentina...
Batem palmas Pierrô e Colombina.

E dona Sociedade sabe disso,
como sabe, também, da existência
do porão, da favela e do cortiço.
Mas mesmo vendo e sabendo,
anda sempre mascarada
e fingindo que não vê
e que não sabe de nada.

Mas sabe que estás aqui.
E, portanto, adeus luneta.
Tens de voltar depressa
ao seio do teu planeta.

– E por que tanta pressa?

Porque dona Sociedade,
em noites de lua cheia,
procura e caça fantasmas
e os prende e põe na cadeia.

E por isso tenho pressa
que voltes o mais depressa
ao seio do teu planeta.

Portanto, anda depressa.
Toma um banho de água quente
daqueles de pelar
e veste a indumentária
própria para voar.
Já está desinfetada.

Quero ficar seguro
de que estás voltando puro,
pois se contigo levares
o vírus da raça humana
certamente o teu planeta
perderá a tramontana.

Raça que à semelhança
de Deus foi feita,
segundo diz a chamada
Bíblia Sagrada,
sobre o que não digo nada.

Mas vendo o que acontece na cadeia
e pensando em Deus e na raça...
e no que diz a sagrada
referente à semelhança
nela citada,
responde-me depressa:
que diabo de semelhança é essa?

Bem, meu caro amigo,
com toda sinceridade,
eu acho que...

E agora mesmo partirás
e espero que vás em paz.
Porém, antes de partir,
quero que me respondas,
mas sem rodeio e sem treta:
gostaste do meu planeta?

– Bem, meu caro amigo,
com toda sinceridade,
depois do que ouvi,
e do que senti,
e do que vi,
sem excluir a preguiça
que, segundo tu disseste,
é por natureza lerda,
o teu planeta não passa
de um grande monte de...

Meia-noite. Vamos embora.
A nave da fantasia
espera por ti.

E dentro do táxi
rezaremos pela pele,
quem sabe teremos sorte
de não sermos assaltados
mesmo dentro dele.

E, talvez,
pela primeira vez,
eu possa ver um milagre.

Pronto, chegamos.
E lá está o milagre, Saturnino!
E louvada seja a santa
Joaninha do Roubache,
que não deixou que roubassem
a nave da fantasia
para levá-la ao desmanche.

Tu sabes dirigi-la.

Vai depressa, vai.
Entra nela e adeus.
E leva o meu abraço
e aguarda minhas cartinhas
que logo te mandarei.

ATRAVÉS DO ESPAÇO

CAPÍTULO 7

Favelândia, Era Espacial

Amigo Saturnino,
reclamas que não te escrevo
com tanta pontualidade
como te escrevia outrora.
Não havia novidade.
Mas o estou fazendo agora
para dizer-te que Adão
morreu prematuramente
por falta de luz... e pão.

E dizem que os culpados
foram dona Sociedade,
e mais o cão,
e todos os componentes
da fauna social
e o Et Cetera e Tal...

Dizem, não eu.
Eu apenas vou dizer-te
como tudo aconteceu.

Não sei se ainda te lembras
de quando te disse assim:
Olha lá Eva e Adão.
E conversando estão.
E apaixonados, pelo jeito.
E devem sentir no peito
aquela vontade ardente
e aquele impulso incontido
que os levarão, certamente,
ao encontro da serpente
e do fruto proibido.

E assim foi...
Mas foi assim:
impelidos pelo amor
de grande paixão ardente,
Eva e Adão penetraram
num lindo jardim florido
e, sem querer, tropeçaram
na astuciosa serpente
e no fruto proibido;
e foram cair juntinhos
em cima de um enxergão,
onde Eva despertou
já casada com Adão.

E, nove meses depois,
dia de santo Hilário,
à Favelândia chegava
mais um futuro operário.
Era o primeiro filho do casal,
muito bem recebido por sinal.

E ao menino foi dado
o nome de Favelado
por sugestão do vizinho,
o Judas Sarapatel,
que fez questão de ser
de Favelado padrinho.

E, depois, ano após ano,
a família foi crescendo
e, portanto, não cabendo
no barraco onde vivia.
E, portanto, Adão teria
de procurar brevemente
nova e ampla moradia.

E se lembrou do compadre,
o Judas Sarapatel,
que explorava a espelunca
e os barracos de aluguel.
E alugou um do compadre
e nele se instalou.

E aconteceu com Adão
o que pode acontecer
com qualquer cidadão:
a cobrança de aluguel
por Judas Sarapatel,
devoto de santo Antão,
tirou-lhe da boca o pão.

Post Scriptum.

O nome que a pessoa identifica
e que, parece, testifica
a virtude e os defeitos que ela tem
já está consagrado em "João Ninguém",
em "Zé Povo", "Zé Povinho",
"Zé Povão" e "Zé das Caspas"
e em "Judas" e em "Cristo",
todos entre aspas...

É o caso do compadre de Adão,
o Judas da favela apelidado
e Judas Sarapatel chamado,
que, além de explorar o barrigudo,
em seu nome e apelido encarna tudo.

CAPÍTULO 8

Favelândia, Era Espacial

Amigo Saturnino,
o tempo passa, é voz corrente,
e a gente crê nessa ilusão,
e o tempo fica indiferente
levando a gente pela mão.

Lembras-te do soneto?

E passando foi Adão
de desgraça em desgraça.
E Eva foi perdendo
a beleza e a graça.

Adão adoeceu.
Sofria de uma drástica tontura
que o atirava ao chão a certa altura.

O compadre lhe disse:
Talvez isso
provenha de satânico feitiço.

Mas também já lhe dissera
o dono do bar da esquina:
deves procurar a cura
da drástica tontura
no campo da Medicina.

E lá foi o pobre Adão
consultar um bom doutor
e simpático senhor.

O compadre lhe emprestara
dinheiro para a consulta
a juro de grande altura
e de acordo com a lei
de Santo Antão da Usura.

Adão não tinha comprado
um espantoso plano de saúde
de um tal doutor Privado.
Espantoso no preço
e por ter sido criado
para cuidar do Zé Povo
e da saúde dos cofres
de um tal doutor Estado.

Mas Zé Povo da restinga,
que tolo não é,
me disse que tal Estado
tirou do cu a seringa
graças ao doutor Privado.

E Adão foi examinado,
e o médico, baseado
no que ouvira e nos sintomas,
concluiu rapidamente:
passa fome o paciente.

E lhe receitou o que havia
de bom em Medicina:
fortificante,
vitamina e
algumas injeções
de um bom laboratório,
e lhe recomendou
que voltasse ao consultório.

E na ficha do novo consulente,
para dar vazão ao dever cumprido,
o doutor gravou displicentemente:
“Anêmico, subnutrido”.

E, como complemento da receita,
além da recomendação
Adão recebeu impressa

a seguinte sugestão:
“Viva melhor, coma bem,
pois morre mais cedo quem
não se alimenta a contento
ou vive apenas de vento...

Comer bem não quer dizer
ter muito para comer,
o segredo é variar...

Não se repete ao jantar
tudo que se almoça.
A mesa deve ser farta,
diversa no que se possa...

Toma leite e come frutas,
e verduras, e legumes
à refeição.
E não se esqueça dos ovos
e de carne,
seja de vaca, ou de frango,
ou de peixe, ou de faisão.

O organismo precisa
nutrir-se, pelo menos,
três vezes durante o dia.
Mas não seja desregrado
nem tampouco revoltado
ao pensar na carestia.

Mantenha horário certo
para cada refeição,
mesmo que seu horário
dependa de condução.

O repouso é importante,
pois ajuda a digestão.
Descanse tranquilamente
logo após a refeição.

Higiene deve haver
onde se ponha a comer.
Use pratos e talheres,
não come com a mão.
Põe toalha na mesa
e que nunca falte pão.

Meio copo de cerveja
ou meio copo de vinho,
às vezes, faz muito bem
e ajuda a digestão
se bebido com calma
e se for acompanhado
de batata, arroz e feijão.

Come bem, e fica forte
e bebe com sobriedade,
pois na mesa se decide,
além do próprio destino,
também o da humanidade".

E Adão à farmácia foi
comprar o que lhe fora receitado,
mas ficou decepcionado
e ressentido:
o amigo Zé Fiado,
que sempre o atendera,
fora demitido.

Dinheiro Adão não tinha, que chegasse...
Disseram-lhe indiretamente
que fosse à cata dele
e que sem ele não voltasse.

E não voltou Adão porque sabia
que o preço do remédio que queria
poderia trazer-lhe outras tonturas,
visto que andava lá pelas alturas...

Mas, dado que a tontura persistia,
Adão não se conteve; e, certo dia,
acabou ingerindo uma tisana
engarrafada por uma cigana.
E, por três dias, Adão
perdeu a tramontana.

Mas, dado que a tontura persistia,
Adão não se conteve;
e lá foi, certo dia,
à casa de Madame Cartomante

a ver se pelas cartas resolvia
o problema da drástica tontura
que o atirava ao chão a certa altura.

E a cartomante lhe disse
com certa desenvoltura:
Olha aqui, meu consulente,
repara nesta carta... é a dama.
O seu mal é amor... pois você ama.

Repara nesta agora... é o valete,
que, no jogo da bisca, é o cavalo.
Mas aqui é você pintando o sete...

Vejo aqui que você será famoso,
e saudável, e rico, e venturoso.

Vai viver muito bem e muitos anos,
se bem que vê aqui uns desenganos...
Mas isso é natural... A falsidade
caminha acompanhada da maldade.

E vejo que pela dama
você foi enfeitiçado;
e que precisa de velas,
e de pinga, e de charuto.
Mas disso quem bem cuida
é o meu vizinho Arguto,
que mora aqui ao lado

e que foi apelidado
de senhor Mui Grande Astuto.

E Adão foi encaminhado
à casa do Grande Astuto.

E o Grande Astuto lhe disse
que não se precipitasse...
e que numa encruzilhada
à meia-noite deixasse
uma galinha preta depenada,
cujo sangue bem quente derramasse
sobre um charuto, três velas e pinga,
e que curado estaria
da maldita mandinga...

E numa encruzilhada o pobre Adão,
sem medo, e confiante, e resoluto,
à meia-noite em ponto foi cumprir
a recomendação do Grande Astuto.

E a cumpriu direitinho
com fé e com carinho.
Mas a pouca quantidade
de pinga que levara
e de pinga que tomara
não neutralizara
o efeito da mandinga.
Portanto, faltara pinga.

E novamente Adão foi,
a passo de boi,
à casa do Grande Astuto,
confiante e resoluto.
E mais dinheiro levou
e o entregou com fé
ao Santo do Grande Astuto,
mas pensando em São Tomé...

Acontece que Adão,
desde a adolescência,
bebericando andava com frequência
um líquido sutil e traiçoeiro,
larápio da saúde e do dinheiro,
batizado de Marafa
por um senhor macumbeiro.

E tendo desse modo causticado
o organismo todo pela pinga
em nada, para efeito de mandinga,
Marafa alteraria o resultado.

E disso já sabia o Grande Astuto.
E por isso eliminou,
da nova missão,
galinha, sangue e charuto
e ao despacho acrescentou
mais velas; e mais pinga
como neutralizador
dos efeitos da mandinga.

E de novo foi Adão,
já sem galinha e charuto,
cumprir mais uma missão
ditada por Grande Astuto.

E a missão era cavar,
num canto do cemitério,
bem caprichada,
uma cova onde coubesse
uma pessoa deitada;
e acender uma vela
em cada canto dela;
e tomar bastante pinga
para enterrar de uma vez
os efeitos da mandinga;
e oferecer tudo aos cães
do Diabo & Companhia,
e libertado estaria.

E Adão tudo executou
religiosamente.
Porém, infelizmente,
quando tudo terminou,
vítima foi da drástica tontura
que o atirou ao chão,
no fundo da sepultura.

E daí o Grande Astuto,
que de longe observara
tudo que se passara,
aproximou-se de Adão
e, vendo que estava morto,
cantou versos sem rima,
e o encomendou a Deus,
e jogou terra por cima.

E lá ficou Adão,
com terra dos pés à cara
dentro da sepultura
que para si próprio cavara.

E o Astuto razão tinha:
com mais velas e mais pinga,
e sem charuto e galinha,
Adão se libertara
da tontura e da mandinga.

E redimido, afinal,
do pecado original.

E finalmente atendido
em suas orações,
pois sempre pedira a Deus
a entrega antecipada
da parte que lhe cabia
do reino dos céus.

E Judas Sarapatel,
dono da espelunca
e barracos de aluguel,
por ter sido bom compadre
levou Eva a pôr fermento
na masseira do nono mandamento.

Adão morrera endividado.
E o compadre, julgando-se lesado,
tratou de na viúva desforrar...
E andou por muito tempo desforrando,
pois inclusive os juros foi cobrando.
E, quando achou que tudo estava pago,
tomou de cachaça mais um trago
e mandou a comadre passear...

E Eva foi cheia de fel
pelas ruas caminhando
à cata de papel.
E hoje morando está
debaixo de grande ponte
moderna e sobranceira,
onde todos a chamam de trapeira.

E dos bem-aventurados
sete filhos dela
apenas Favelado
permaneceu na favela.

E Sarapatel continua
sendo dono da espelunca.
E não paga imposto nunca.

E assim termino a cartinha
em noite de lua cheia.
E desejo aos charlatães
e a Judas Sarapatel
boa e próspera cadeia.

CAPÍTULO 9

Favelândia, Era Espacial

Amigo Saturnino,
até que enfim respondeste
as cartas que te mandei.
E me perguntas se sei
ou não
se condenados houve
pela morte de Adão.

Ora, ora, meu amigo!
Nem parece que estiveste
aqui no meu planeta!
Mas responder-te vou
sem janela e sem luneta.

Dona Sociedade
acusada foi
de crime de omissão,

mas se defendeu dizendo
que nem sequer sabia
se Adão existia.

E quando os componentes
da fauna social
acusados foram pela Razão
de terem antecipado
a morte de Adão
por falta de luz e pão,
pediram a Fariseu
que os representasse
no papel de porta-voz.

E Fariseu o fez perguntando:
Se Adão cavou a própria cova,
que culpa temos nós?

E todos os componentes
do Et Cetera e Tal,
por terem sido corretos,
honestos e bons sujeitos,
e por terem legislado
em causa própria,
foram reeleitos.

E, portanto, estarão livres
pelo fato
de serem inimputáveis

durante todo o mandato.
E bem cedo estarão aposentados,
e comprarão fazendas,
e receberão comendas
por bons serviços prestados.

E assim termino a cartinha,
mas não sem te dizer
que dentre os acusados
pela morte de Adão
um deles foi condenado.
Estava no cemitério
disfarçado de coveiro
e balançando o rabo com a mão.
E possui diversos nomes.
Alguns o chamam de Cão.

CAPÍTULO 10

Favelândia, Era Espacial

Amigo Saturnino,
acusas ter recebido
a carta que te mandei
e me perguntas se sei
por que foram reeleitos
todos os componentes
do Et Cetera e Tal
se eu mesmo insinuei
que não foram bons sujeitos.

Pois bem, meu caro amigo,
a mesma pergunta foi feita
a quem os reelegeu.
E o Zé Povão respondeu:
Bom filho... Por bom filho...
Tanto dá como deu...

E a mesma opinião
o meu vizinho externou
quando me perguntou:
Será que algo mudaria
se saísse o Zé
e entrasse a Luzia?
Ou se entrasse o Mané
e saísse a Maria?
Será que algo se altera
se sair um Picareta
e entrar uma Vera?

E eu lhe respondi que não sei,
mas de uma coisa estou certo:
um jumento esperto,
que pule feito mico,
entra pobre na Política
e logo fica rico.

E assim termino a cartinha
dizendo o que já dizia
o divino Rei da Crítica
e mestre considerado:
Buscai primeiro o reino da Política
e tudo que procurais
achareis centuplicado,
mesmo que sejais
jumento sem albarda
ou burro albardado.

Post Scriptum.
Na próxima cartinha te direi
se dona Sociedade
mentiu ou não
quando acusada foi
de crime de omissão.

CAPÍTULO 11

Favelândia, Era Espacial

Amigo Saturnino,
tal qual te prometi,
nesta carta te direi
tudo, tudo que ouvi
da boca da Acusação
quando Dona Sociedade
acusada foi
de crime de omissão.

E tu concluirás
se, sim ou não,
ela mentira ao dizer
que nem sequer sabia
se Adão existia.

Eu estava sentado
na sala de julgamento
do Tribunal da Pendência
e vi quando a Acusação,
bem ali na minha frente,
dizia com veemência
e enfaticamente:
Eu sou a verdade.
E conheci bem Adão.
E conheço muito e bem
dona Sociedade.

Adão nasceu na favela.
E sempre andou descalço,
e sempre malvestido,
e sempre malnutrido.

E ficou órfão de pai
ainda de tenra idade.
E foi pedir esmola
e era visto todo dia
a caminho da cidade,
mas jamais alguém o viu
a caminho da escola.

E a ré, senhores jurados,
sabia disso,
mas lavou as mãos
como Pilatos fez diante de Cristo.

E, quando foi trabalhar
de servente de pedreiro,
o que ganhava em dinheiro
correspondia
apenas ao que havia
de mínimo em salário,
enquanto o Fariseu,
dono do arranha-céu,
ficava milionário.

E a ré, senhores jurados,
sabia disso,
mas lavou as mãos
como Pilatos fez diante de Cristo.

Adão passava fome.
Mas, em compensação,
iam certos pregadores
ofertar-lhe a salvação
da alma... do corpo não.

E por que do corpo não?
Porque a salvação do corpo
custa arroz, carne e feijão,
frutas, legumes e pão,
batatas e macarrão,
e outros mais alimentos,
componentes valiosos
da lista da salvação...

E lhe davam de presente
livros e folhetos
e lhe pediam que os lesse
e que algo aprendesse,
senão
que longe dele estaria
a esperada salvação...

Ora, senhores jurados,
vós bem sabeis
se livros lemos
e os entendemos
é porque temos
escola e prática,
e cultura e gramática!

E tudo isso Adão não tinha.
E a culpa nunca foi minha.
E a ré sabia disso,
mas lavou as mãos
como Pilatos fez diante de Cristo.

A ré, senhores jurados,
meritíssimo juiz,
sabia de tudo, sim,
mas não quis
sequer interferir na situação.
Omitiu-se e, portanto,
que a ré seja condenada
por crime de omissão.

E assim termino a cartinha
esperando que concluas
se, sim ou não,
a Sociedade mentiu
ao dizer que não sabia
sequer que Adão existia.

CAPÍTULO 12

Favelândia, Era Espacial

Amigo Saturnino,
escorraçado fui
da Torre de Babel.
Causa: aumento do aluguel.

Vendi quadros e luneta
e saí perambulando
pelas ruas do planeta.

Cortiços encontrei abarrotados,
e porões encontrei superlotados,
e debaixo de pontes e viadutos
encontrei o excedente
de gatos e cães, e gente,
e toda a espécie de brutos.

E não tive outra saída:
entrei na Rua da Amargura
lamacenta e fedorenta
e escorreguei na descida,
e fui parar sem querer
à porta de um barraco,
onde encontrei Favelado
abatido, e alquebrado,
e profundamente fraco,
que me perguntou:
Foi despejado?
Sim, respondi-lhe.
Eu também.
De onde?, perguntei-lhe.
Da cadeia.
Da cadeia? Como assim?
Longa história, caro amigo.
Se quiser ouvi-la,
sente-se aqui comigo.

E ouvindo fiquei,
sentado no chão,
a história de Favelado,
primeiro filho de Adão.

E na próxima cartinha
recebê-la-ás
tal qual me foi contada
se pela Sociedade
não for censurada.

CAPÍTULO 13

Favelândia, Era Espacial

Amigo Saturnino,
tal qual te prometi
envio-te registrada
a história do Favelado
por ele mesmo contada.

Nove anos tinha eu
quando meu pai me pôs entre a daninha
promiscuidade atroz e virulenta
de uma espelunca sórdida e nojenta,
explorada por homem sem entranhas
conhecido pelo nome
de Judas Sarapatel,
dono da espelunca
e barracos de aluguel,
por infelicidade meu padrinho,
amigo de meu pai e seu vizinho.

E na espelunca aprendi
a manipular os sinos
que chamam ao mister os assassinos,
os ladrões, traficantes de maconha,
os imorais, abjetos, sem-vergonha,
componentes da corja malfeitora
para a qual a espelunca é professora.

E o tempo foi passando...
E, após um ano,
o Judas Sarapatel
me mostrou onde guardava o "cano"
que pela boca fogo derramava
e que mais me parecia
um pequenino monstro que berrava.

Eu tinha medo de arma.
Mas, por curiosidade,
um dia, sem querer,
o gatilho dela acionei.
E, desde então,
o "cano" passou a ser
o meu pequeno escravo do dever.

À noite, sob a lua cor de prata,
se dos gatos havia serenata,
saía de mansinho, intimorato,
puxava o gatilho do "cano"
e pum... caía um gato.

E, pouco tempo depois
de ter-me apresentado o trinta e dois,
meu estúpido padrinho,
na véspera de Natal,
deu-me de presente um "monstrinho"
pontiagudo, e cortante,
e semelhante a punhal,
que eu depois utilizava
para esfolar os gatos que matava.
E da pele dos gatos fabricava
tamborins que percutia
e que depois vendia.

Fiquei famoso! E a fama é mesmo assim:
tanto pode advir por matar gatos
como pode advir por desacatos
ou por tocar tamborim.

Dos maus exemplos que vira
o maior e o pior
o Judas me tinha dado.
Minha idade, porém, não permitia
que eu visse com clareza o que fazia.
E, por isso, defendia
o Judas Sarapatel.
E, para defendê-lo, certo dia,
o trinta e dois apontei...
e, por pouco, não matei...
E atrás de mim o vizinho

saiu correndo e dizendo
que faria de mim um picadinho.
E, correndo o que podia,
saí da favela a esmo
e por pouco não passei
à frente de mim mesmo...

E, sem rumo e sem tino,
de rua em rua andei,
e na rua dormi,
e fome passei.

E, dias depois, lá fui eu
pedir emprego a um tal Cireneu,
homem de quarenta e poucos anos,
já grisalho,
que me perguntou:
Queres emprego ou trabalho?
Ambos.
Sabes fazer o quê?
Eu sou especialista em matar gatos.
Matar gatos?
Não me digas que és o Favelado!

É meu nome de batismo.
Ora, ora, vejam só, por Deus do Céu!
Verdade que me chamo Cireneu,
mas basta a minha cruz... Por isso a tua
carregar não posso. Rua...

Confesso que não gostei
dos ares do gaiato.
E, naquele momento,
me pareceu
estar vendo em Cireneu
um simples gato
que cairia chumbado
de cima de um telhado.

Eu ficara famoso realmente!
E famoso ficara pelo fato
de ser especialista em matar gato;
e mais famoso do que parecia,
pois até Cireneu disso sabia!

E a dormir na calçada continuei
e muito, muito sonhei.
E um dia despertei atarantado
e rodeado de gente que dizia:
Coitadinho! Parece favelado.

Eu estava semipelado!
Enquanto dormira,
calças e cuecas
me haviam baixado.

Eu tive a impressão de que sobrava
em meio à multidão que me cercava.
E já me parecia

que toda a gente sabia,
de cor e salteado,
o meu nome: Favelado.

Saí correndo sem rumo, e sem sentido,
e mais que veado perseguido.
E, tal qual um joão-ninguém,
parei na Rua dos Sem:
dos sem eira nem beira,
dos sem casa, mesa e banho,
dos sem horta e sem rebanho,
dos sem-teto e dos sem pão,
dos sem dinheiro,
dos sem emprego,
dos sem razão,
dos sem futuro,
dos sem esperança,
e lá me acocorei ao pé de um muro.
E adormeci.
E quando acordei percebi
que um cão branco me acordara
com a língua quente
me lambendo a cara.

Que insólita ironia:
homens me chutavam,
um cão me lambia.

E, desde então,
afeiçoei-me ao cão,
e passei a chamá-lo de Meu Bicho,
e a repartir com ele, noite e dia,
tudo que aproveitar eu conseguia
da espúria-social-cesta-do-lixo.

E dias se passaram.
E vi que no monturo
não estava o meu futuro.
Deixei Meu Bicho junto ao rebotalho
e saí à procura de trabalho.

E encontrei um servicinho
de servente de pedreiro
num lugar onde existia
muitíssimo trabalho
e pouquíssimo dinheiro,
mas que para mim servia,
pois lá mesmo me banhava,
e lá comia e dormia,
e privada não faltava.

E o tempo foi passando...
E eu trabalhando e ganhando...
E tanto ganhei que um dia
encaminhado fui ao empreiteiro,
que me disse: Aqui tem seu dinheiro,
o serviço acabou, vamos andando...

E andando fui e vi, numa vitrina,
roupa modesta e roupa fina.
Precisava de roupa e de sapatos.
Resolvi encarar os fatos...
Entrei na loja.
Preço, por favor?,
perguntei ao sorridente e bom senhor.
E ele me respondeu
tal qual eu esperava:
o dinheiro que eu tinha não dava...

Estava de saída quando alguém
me pegou pelo braço e disse: Vem,
temos aqui um plano fabuloso
de crédito; e tem mais... Nosso freguês
só começa a pagar no fim do mês;
e, como prêmio, leva este famoso
boneco de lembrança. Sabe ler?
Não?! Bem... Aqui ao lado,
a moça trata disso com cuidado.

E cuidadosamente,
e sorridentemente,
a moça quis saber onde eu morava,
e como me chamava,
e o que fazia,
e quanto ganhava,
e o que pretendia,
e mais não sei quê,

e mais não sei quanto.
E quando tudo parecia
estar a meu favor
a moça se levantou
e foi até a mesa do chefão,
de onde voltou dizendo: Não, não, não.

E só depois desse dia
vi que crédito se dá
mediante uma garantia
e somente a quem é quem...
E que provas dê também
de que é dono do que tem.

Lembrei-me de Meu Bicho,
senti saudade.
Andaria, talvez, pela cidade
à procura de um canto onde pudesse
pernoitar com alguém que algo lhe desse,
já que cão, embora cão,
amigos tem
e crédito não usa de ninguém;
e não precisa de garfos,
e nem tampouco de pratos,
e muito menos de roupas,
e nem sequer de sapatos;
e nem precisa de nome,
e nem sequer cogita
se mora aqui, ali ou onde habita.

E de noite eu me deitei
à porta de uma fina residência,
mas não dormi
porque atrás das grades vi
um canzarrão de boca arreganhada
e o dono dele me olhando
e empunhando
uma arma engatilhada.

Perdi o sono.
E corri... e cada vez mais.
E pensei: tal cão, tal dono
e que também os cães não são iguais...
E me lembrei de Meu Bicho
e dele senti saudade,
o meu único amigo na cidade.

E voltei pra junto do padrinho,
não aguentava mais viver sozinho.
Mas voltei como fruto que caíra
sobre monte de esterco apodrecido;
como cão que voltara tendo em mira
sorver o próprio vômito deixado
num canto da espelunca amontoado.

Contudo, mais feliz eu me sentia,
pelo menos sabia onde dormia.

E tal qual eu já fizera,
sempre a mando do padrinho,
voltei a traficar certo pozinho...
E o padrinho me dissera:
Se furtares um centavo
da renda da espelunca
não terás sossego nunca.

De salário, porém, nada dissera
e nem de comissão,
nem de qualquer outro meio
de remuneração.

Não me conformei...
E lhe fiz uma proposta
e exigi uma resposta.

E ele me respondeu logo depois
empunhando um trinta e dois
e dizendo assim:
Vem cá, Favelado,
pertinho de mim.
Tu sabes como é...
eu sou o teu padrinho...
Tudo isto será teu, se caladinho
resolveres ficar. Não gostaria
de treinar sobre ti a pontaria...
Portanto, ouve bem o conselho
que te dá este bom e honesto velho:
mantém ouvido mouco e lábio mudo
se não quiseres perder tudo...

E, assim, com tanta bondade
e com tanta reticência,
quem rejeitaria
tamanha benevolência?

Além do mais, eu sempre poderia
alimentar a chama da esperança
de vir a receber aquela herança...

E o tempo foi passando...
E só mais tarde vi quanto é bestunto
quem vestir e calçar quer
roupa e sapatos de defunto.

E assim fui vivendo:
comendo e bebendo,
vestindo e calçando,
e mijando e cagando
como toda a gente faz,
pois assim já fazia Barrabás.

Certo dia, porém, tudo mudou,
pois finalmente a Pátria me chamou...
e lá fui eu doar-lhe minha cota
de bom cidadão e bom patriota.
Servi-a com denodo e intrepidez
e não voltei à "casa" uma só vez.

Por ser analfabeto por acaso,
procurei ser um bom soldado raso.
Com isso, da espelunca me livraria
e a servir a Pátria continuaria
não tivessem, por fim, me dado baixa
a toque de caixa...
mas contra a minha vontade,
eis a verdade.

A melhor bênção paterna
para mim foi a caserna.
Roupa, botina, cama, pré, comida,
lá uma vez ou outra uma investida
no encalço de inimigo imaginário...
Além do mais, sentia-me importante
na pele de um eterno vigilante
em defesa daquilo em que se crê...

A mim me convencera defendesse
alguma coisa, embora não soubesse
que é que defendia e nem por quê...
Mas depois vim saber, eis a verdade!
Mas só depois que perdera a liberdade.

Mas se o dever de servir,
obrigatoriamente,
a Mãe Pátria terminara

para comigo mesmo e começara
uma nova campanha sem saber
por onde começá-la,
pois no campo de batalha,
doravante,
teria de investir, como gigante,
contra os terríveis vícios sociais
e não mais inimigos irreais.

O primeiro vício a combater,
que é da maioria conhecido,
era o vício das pingas, a meu ver
inimigo cruel, empedernido.

Como gato que entra sorrateiro
e em breve se apodera do celeiro,
o álcool penetra nas entranhas
e vence a maioria das campanhas;
resiste a quase todas as investidas
e resistência hercúlea oferece,
pois, quanto mais se ataca, mais parece
possuir, como gato, sete vidas...

O do álcool é um vício pertinaz
e só quem o tem sabe, realmente,
o quanto lhe custa
e o mal que lhe faz.

O segundo vício a liquidar
seria o vício torpe de fumar.
Mas como consegui-lo
se de noite o Diabo punha
no cigarro uma mistura
que introduz no viciado
os fluidos da loucura?

O "fumo" é um vício tão ranzinza
que com lendária Fênix se parece,
pois renasce, à medida que entorpece,
conforme a lenda diz, da própria cinza.

A "mistura" por si própria
não é santa,
mas ela não tem culpa,
culpado é quem a usa e quem a planta.
E mais culpado ainda, por azar,
é quem a deixa plantar.

Eu era especialista em matar gato,
em arrancar-lhe a pele de imediato
e sem pena, sem dó, sem piedade.
Porém, nem triplicando os sacrifícios
esfolar conseguia
o "gato" e o "diabo" de meus vícios.

E lá fui eu,
sem eira nem beira,
rolando aos trambolhões pela ladeira

que leva ao calabouço da indigência,
onde começa a verdadeira
caminhada infernal da penitência.

E caí dentro do mundo
de um albergue imundo
que mais parecia o fundo
de um enorme caldeirão
fervendo de mendigos e proscritos;
mendigos que depois partiam,
como se verdadeiros inauditos,
em busca de um lugar numa favela,
ao contrário de mim que vinha dela.

E mendigo me senti,
e do albergue saí,
e devagar fui descendo
a ladeira social.
E atolado parei num lamaçal,
debaixo de uma ponte colossal,
expressão genial e fabulosa
da ciência e da técnica modernas,
as quais, ao fazer pontes, têm cuidado
de deixar um desvão de cada lado,
onde possam dormir os indigentes
e os anônimos cães e seus parentes.

E que grande surpresa me aguardava:
Meu Bicho ali deitado estava.
E se levantou furioso
e arreganhou os dentes

como se raivoso.
Porém, estacou, ao reconhecer-me,
e começou a lamber-me.

Porém, ainda não bem recomposto
do efeito da surpresa que tivera,
fui tomado de súbito desgosto
ao ver uma mulher e ver quem era:
a minha pobre mãe ali deitada
sob a guarda do cão e abandonada.

Senti vertigem.
Chamei pelo Senhor e pela Virgem,
repetindo fui em estribilho:
Mãe, mãe, mãe, sou, seu filho!

Foi como se encontrasse no caminho
os braços complacentes e o carinho
de dantesca Beatriz em pleno inferno;
ou se um raio de sol feito de amor
inundasse de luz e de calor
o âmago de minha alma em pleno inverno;
ou como se encontrasse o complemento
de minha própria vida no momento.

E junto dela fiquei.
E o cão gania.
E ela chorou e eu chorei
enquanto o cão nos lambia.

O sol não mais brilhava
acima do horizonte.
A escuridão dominava
sob a ponte.
E gente sob a ponte se deitava.
Gentinha que despencara
da ladeira social,
que finda onde começa o lamaçal.

E junto de mamãe permaneci.
E papel catava e papel vendia.
Certo dia, porém, eu percebi
que mais trapeiros havia
do que papel por aí...
Mas continuei trabalhando
e de minha mãe cuidando.

Numa noite, porém, de tempestade,
com raios e trovões por todo lado,
acordei assustado ao me sentir
pelas águas do rio carregado.
E lutei com unha e dente
contra a força da torrente.
E do rio alcancei a outra margem
com a graça de Deus e a coragem.

E se salvara comigo tão somente
o cão,
que parecia até ser gente.

De minha pobre mãe e dos demais
apenas sobrou saudade
e notícias nos jornais.

Junto de minha mãe ficara a par
do rumo que tomaram meus irmãos:
depois que meu pai morreu,
andaram pela cidade
estendendo a mão
à falsa caridade.

E depois que Judas Sarapatel,
a pontapé,
pôs minha pobre mãe
na Rua da Agonia,
foram-se embora a Arlete, e mais o Zé,
e a Dita, e a Maria.

A primeira lá foi pintar o sete...
e continua ainda como Arlete.

O segundo de Zé perdeu o nome.
Ficou famoso, sim, e passou fome.
Pelo apelido o chamam na prisão:
é o bom Dimas por comparação...

E dos demais ninguém mais soube
nem da sorte que lhes coube.

E pensei no padrinho.
E nele vi a causa principal

do mal que se espalhara no caminho
de minha pobre mãe e dos irmãos.
E resolvi liquidá-lo.

E lá fui eu procurá-lo.
E encontrei um burro amigo
junto à favela pastando
e com ele me pus a conversar...
Por certo que ele a mim não entendia,
pois nem com zurro ao menos respondia.

E por trás do burro fiquei
analisando a situação,
à espera da noite, quando então
na espelunca entraria de mansinho
e fim poria à vida do padrinho.

Mas eis que, de repente, da favela
começou a sair gente e, junto dela,
um velho pregador, que eu conhecera,
começou a pregação calmo e sereno.

Dizia que na cruz um nazareno
o sangue por nós tinha derramado;
e que, além da caridade
e esperança,
lições dera também
de perdão e de vingança;
e que bem-aventurados os famintos,

os mendigos e todos que chorassem...
porém, fartos e ricos que tomassem
cuidado de não ir parar nos quintos...

E me parecia que o pregador,
falando assim,
falava olhando pra mim.

E devagarinho fui andando
como se preso ao ímã da esperança;
e do pregador fui me aproximando
e pensando na bem-aventurança.
E, quando mais nela pensava,
percebi que perto estava
de mim o burro amigo que roçava
o pescoço num poste de cimento
e que, olhando para cima
e para mim,
parecia que estava perguntando:
A que altura se encontra o
firmamento?

E por pouco eu não diria
que o burro entendendo estava
o que o pregador dizia.

E me pareceu
que o pregador estava adivinhando
o pensamento do burro e o meu
ao me oferecer a *Bíblia*
do cristão e do judeu.

E, delicadamente e com afeto,
das mãos do pregador tudo aceitei.
E, enquanto o burro zurrava
e eu a *Bíblia* desfolhava,
ao pregador perguntei
com ares de pouco afeto:
Vale a pena pôr a Bíblia
em mãos de analfabeto?

E me calei de uma vez.
E nem contei até três...
E fugi o quanto pude
dos gatos e dos cães,
e dos tiros e das pedras,
e das bolinhas de gude.

Santa Vaca do Cariles!
A plebe se revoltara!
E eu apenas lhe tocara
no calcanhar de Aquiles!

Eu era especialista em matar gatos,
mas fui trabalhar num matadouro
onde dormia sobre o couro.
E, pouco tempo depois,
tornei-me especialista em matar bois.

Arranjara, perante a Sociedade,
algo a fazer de utilidade.
Porém, não tive sorte:
alérgico fiquei
ao cheiro da morte.

Fui trabalhar mais tarde num curtume
que mais parecia um vômito de estrume,
mas que tinha uma boa clientela.
E lá me senti bem
mesmo com o cheiro,
pois era semelhante ao do chiqueiro
da nojenta espelunca da favela.

Estava exatamente onde queria:
tratava de peles durante o dia
e lá mesmo dormia.

Mas, após ter trabalhado
durante algum tempo,
abordei o patrão
e lhe pedi aumento...

Aumento de serviço ou de salário?,
perguntou-me o empresário.

Mudei de cor e disse: É a tua...
E lá fui eu parar no olho da rua,
onde fui encontrar muitos escolhos
e também a menina dos meus olhos.

Chamava-se Catita
e era bonita,
e linda e bela,
e morava na favela.

Enquanto a namorava,
prometi-lhe uma casa e uma cama
no mais lindo subúrbio da cidade;
prometi-lhe amor, paz, felicidade.
Promessas corriqueiras de quem ama.

E com ela me casei.
E num barraco alugado
com ela me instalei.
E do barraco fiz ninho de amor
como qualquer cidadão
do mais humilde ao doutor.

E a mulher feliz andava
e de tudo ela gostava,
mas tinha predileção
pela cama rangedora
que acordava cães e gatos
quer de dia quer de noite
e a qualquer hora.

Pela primeira vez em minha vida
exercitava o meu bom paladar
e tinha finalmente onde morar.

E estava trabalhando, no momento,
na construção de um grande monumento
dedicado ao herói desconhecido,
o que me parecia sem sentido,
visto que na lista dos heróis
eu não estava incluído.

E, tal qual estava programado,
o monumento fora levantado.
E o puseram no topo
estátua de mulher nua.
E a mim me puseram
no chamado olho da rua.

Fui trabalhar depois num cemitério
onde tudo era calmo e tudo sério;
e onde repousando estava
outro herói desconhecido
que fora meu pai um dia,
a quem eu me referia
dizendo: o falecido...

Não bastasse o matadouro,
veja só a minha sorte:
novamente defendia
o pão nosso de cada dia
à custa da mesma morte.

A morte ainda se explora
com campas e muita vela,
porque há muitos, muitos "vivos"
que vivem à custa dela.

Com a morte defendi
a vida decentemente.
De repente adoeci,
ou melhor, fiquei doente.

E mais e mais piorava
se na despesa pensava
e no pouco que ganhava.

E não obstante o sofrimento
e a falta do vil metal,
sete meses depois do casamento
a mulher se sentiu mal.
E a desgraça aconteceu:
parto prematuro,
e a mulher e nascituro
a caminho do céu...

Fiquei maluco.
E andei por aí
como versos sem rima
e sem acento e sem métrica,
para a frente e para trás
e envolto nos sonhos
de uma esperança fugaz.

Remoí pensamentos,
coração desgarrado,
seguindo rastos
de aventura sem fim.

Às vezes me parecia
que Catita voltara
presa na cauda
de uma estrela cadente
e que corria para mim.

E outras vezes parecia
que estava nas ondas do mar
e na espuma fugidia
que eu não podia pegar.

Andei por caminhos
escuros, daninhos,
procurando por ela,
até que um dia,
ao sair da favela,
a razão despontou clara em minha mente.
Afastou-se de mim a escuridão.
Era dia de festa:
de Cristo a ressurreição.

Ressuscitara em mim
a luz da razão.

Mas doente ainda estava
e nada me curava.

Benzedeiras, cartomantes,
centros de umbanda e quimbanda
frequentei.
E muitos e muitos tratantes
encontrei
enquanto cambaleava
entre uma e outra banda.

Cheguei a fazer mandinga
que me aconselhavam pôr na pinga.

Fiz de tudo à procura dos arcanos
que de mim extirpassem os tiranos
que a devorar-me estavam como abutre
semelhante à esfinge que se nutre
daqueles que não sabem decifrá-la.

Um dia, porém, dentro de um bar,
fiquei quase sem fala.
Vi, formando-se no ar,
de fumaça de cigarro
e vapores de cachaça,
um monstro singular
que se pôs a murmurar:
Decifra-me ou devoro-te!
E por cima de mim vinha,
e cabeça humana tinha ,
e corpo de leão,
e as patas no chão.

A esfinge!, exclamei.

E senti cheiro de fumaça
e cheiro de cachaça.
E só então decifrei
o enigma do mal que me atacava:
era o mal da cachaça que eu bebia,
era o mal do cigarro que eu fumava.

Aleluia!, exclamei.
E nunca mais bebi,
e nunca mais fumei.

E no olho da rua
eu me vi novamente,
mas curado
e mais feliz e contente,
embora de luto e desempregado.

E na rua encontrei
um amigo de outrora,
que me perguntou:
Que fazes agora?

Fui despedido...,
respondi-lhe, constrangido.
E, mais uma vez na vida,
esbulhado de meu direito.

E o amigo me disse
meio sem jeito:
O teu mal
é não teres
carteira profissional
e tudo nela registrado
tal qual está escrito
no Código Geral.

E lá fui eu de manhã
ao lugar adequado
tirar o documento desejado.
E na fila entrei
e esperei, esperei, esperei.
E chegou a minha vez.
E perguntas me fizeram
com ares de estupidez.

E, ao declinar meu nome, o funcionário
me olhou e fez careta o salafrário.

E quando na favela
eu lhe disse que nascera,
olhou-me com desdém, fazendo cera...
E com ares de pouca educação,
me perguntou ligeiro:
É estrangeiro?

E, a bem da moralidade,
não pude responder ao funcionário
que para outro passou o formulário.

Apus assinatura
às impressões digitais,
do polegar em particular,
e pronto estava para trabalhar,
mas com direitos garantidos,
que na lei escrito estava.
Eu assim imaginava...

E fui trabalhar numa fundição.
E minha permanência lá foi breve,
pois demitido fui após a greve.
E na rua fiquei ao deus-dará
por ter a petulância irreverente
de pleitear direitos que a lei dá.

E pelas ruas andei
procurando onde ficar.
E serviço arranjei
numa fábrica de vidros
onde ingressei.

A faina consistia andar em torno
da tórrida, infernal boca de um forno.
Em troca de um descuido, uma queimada.
E, não bastasse a dor, boca calada.

Apesar do silêncio, falava-se
em Justiça Social, Lei Trabalhista,
Seguro de Vida e numa lista

em que suposto líder pleiteava
garantias concretas de trabalho.
Eu pouco entendia de pleitos.
Porém, na onda fui... meti os peitos.
E tanta força fiz que fui parar
bem no olho da rua e sem direitos.

Embora sem vocação,
resolvi tentar a sorte
entrando na contramão...
Aprendi novos termos, novas tretas
e meios de tapeação
e fui vender quinquilharias
na Rua da Contravenção.

Havia, porém, uma gangue
que me sugava o sangue,
pois me fiscalizava e me obrigava
a dividir com ela o que eu ganhava.
E concluí que assim não dava...

E devagar fui andando,
e devagar fui entrando
pela porta principal
de grande companhia de transporte
de cujo quadro funcional
excluído fui logo no primeiro corte.
E outros mais tiveram a mesma sorte...

Direitos não quiseram nos pagar
e na justiça fomos reclamar.

Íamos hoje lá... Volte depois.
E tanto, tanto entrave promoveram
que, finalmente, o carro nos puseram
atravessado à frente e atrás dos bois...

De um terço dos direitos
fui despojado,
o que me deixou revoltado.

Um amigo, porém, me consolou
quando, pausadamente, me falou:
O processo daqueles que trabalham
é Judas que se arrasta e todos malham.
E o Cristo que processa...
perdendo vai o que tem:
calças, cuecas e camisa e paletó,
a ponto de ficar um joão-ninguém
na condição simbólica de Jó.
E sem esperança. Dia de Judas é dia de vingança.

E ao bispo fui me queixar.
E o bispo me disse:
Reza, filho, ao se deitar
e ora ao se levantar.
E não deixa de sonhar.

E caminhando fui, e me deitei
sobre o banco de uma praça,
e rezei, e dormi, e sonhei.

Sonhei que me encontrava
numa casa grande e bela
entre muitas regalias,
mas bem longe da favela;
e finamente trajado,
e os criados me chamando
de senhor e deputado.

De repente, porém,
assustado acordei.
Sentira um pontapé
bem no centro do fundilho.
Eram os homens da lei,
que me disseram: Meu filho
quem manda, manda...
e, portanto, vagabundo,
levanta-te e anda.

Vagabundo não,
respondi-lhes.
Eu sou um daqueles Cristos
cujos direitos me foram violados,
tal qual foram dos demais
que andam por aí deitados
e andando como eu a esmo...

Então, salva-te a ti mesmo!,
exclamou um dos da lei
e me chamou de filho...
e me deu mais um daqueles
bons pontapés no fundilho;
e repetiu com ares de quem manda:
Vai, vagabundo, vai,
levanta-te e anda.

E eu me levantei devagarinho,
e estiquei o braço, e estendi a mão,
mas com a pura intenção
de apenas mostrar os calos
àqueles que pareciam
menos gente e mais cavalos.
Porém, um senhor bonzinho,
julgando-me pedinte,
pôs em minha mão
um rico dinheirinho.

E, logo a seguir,
um senhor prazenteiro
imitou o gesto do primeiro.
E, logo depois, um terceiro
imitou o gesto do segundo.
E nenhum me chamou de vagabundo.
E tão entusiasmado me senti
com a nova situação
que não mais consegui
resistir à tentação
de estender a mão.

Mendigo feito à força, ó, dignidade!
Que sutilezas tem a caridade.

Foi o melhor emprego que tivera
e no olho da rua o praticava.
Um simples mendicante apenas era,
mas fabulosa renda que me dava...

E aquele sonho extravagante,
após o qual passara a medicante,
brevemente o teria realizado.

Mudaria de roupa e residência,
chutaria bem longe a Consciência,
e num grande partido ingressaria,
e vaga a candidato compraria.

Eu era analfabeto. E daí?
Arranjaria
um título qualquer de confraria.
E não seria o primeiro
a fazê-lo ou que o faria.

E, por mim, alguém escreveria:
...E para deputado... Favelado.
E tudo escrito ali... em cima...
Em política, o que vale
é caprichar na rima.

E mandaria fazer
um bonito distintivo
que todos usariam na lapela:
"Um barraco de lata persuasivo
e símbolo perfeito da favela".
E a eleição estaria garantida
e eu, livre dos espinhos desta vida.

No entanto, nada disso aconteceu:
o meu sonho dourado
se esvaneceu.

A lei me perseguiu, e me agarrou
e me chamou de filho,
e me deu mais um daqueles
bons pontapés no fundilho;
e me empurrou para um canto do mundo
e me disse gritando:
Vai trabalhar, vagabundo.

Eu fui dizer ao bispo
o que me acontecera.
E ele me pôs na mão
uma vela de cera.
E me disse em alto e bom som:
Reza, filho, reza e sonha.
Sonhar é muito bom.

E eu rezei e sonhei.
E quanto mais rezava
mais sonhava.
E durante o sonho via
a fauna social da humanidade
desfilando noite e dia
na Rua da Liberdade;
e o Rei Leão segurando
a gorducha gazela dos milhões;
e atrás dele os comilões:
o chacal dos agiotas,
a raposa congressista,
o cão dos burocratas,
o gato dos aluguéis
e demais Pantagruéis.

E, acompanhando o desfile
de elenco tão sublime,
eu via presente o vício,
eu via presente o crime,
e toda a burguesia
que faltar não poderia.

Via o Judas-tesoureiro
a cavalo da burra do dinheiro;
e Caifás a cavalo do elefante
esparzindo por todo canto
água-benta a todo instante.

Via a Fauna desfilando
indiferente ao povo, que gritava:
Eu alimento a gazela,
tenho direito, portanto,
a mais da metade dela.

E via quando a Fauna penetrava
na gruta colossal de Ali Babá
e fraternalmente devorava,
entre riso, e cantoria,
e generosas libações,
a gorducha gazela dos milhões.

E quanto mais eu rezava,
mais sonhava.
E o sonho se repetia.
E enquanto o povo gritava
e eu rezava *Padres-nossos*,
os bons filhos da pata,
os patinhos,
davam-na, embrulhadinhos,
uma centena de ossos.

E de tanto rilhar ossos,
e de rezar *Padres-nossos*,
acabei perdendo o sono
e pelas ruas andei
feito cão sem dono.

E parei numa chácara distante.
E os donos eram prósperos e francos,
mas não ricos o bastante
para deixar de lutar,
e de colher, e de plantar.

Por falta de comer não morreria.
Porém, quanto ao salário, parecia
que lá não ficaria pra semente,
embora eu estivesse
satisfeito e contente.

O casal tinha um filho, por sinal
como nunca vira igual.
Cursava a faculdade de Direito.
E veio a cativar-me de tal jeito
que feliz me sentia a trabalhar.
E mais me cativou
quando me perguntou
se eu queria estudar.
E eu disse que sim.
E ele se propôs a me ensinar
as letras fulgurantes do alfabeto,
fazendo que, por ele, redobrassem
a minha gratidão e o meu afeto.

De porcos e galinhas
eu teria de cuidar.
E, além de mondar ervas daninhas,

teria de cavar a terra dura
e nela plantar,
e tudo regar.

Às vezes, eu pensava em desistir
de tudo aquilo e sumir.
Mas eu gostava muito do estudante
como pessoa, e como praticante
de elegantes maneiras sociais,
e do trabalho, e do respeito aos pais.

Logo de manhã cedo, junto ao pai,
ou mesmo junto a mim, sem dizer ai,
trabalhava de fato o rapagão,
a ponto de criar calos na mão.
Ele era realmente uma exceção.

E se tempo gastava a trabalhar,
também tempo gastava a me ensinar.

Eu aprendi a ler, primeiro passo;
depois a escrever, embora escasso
ainda fosse o meu vocabulário.
E tão contente andava e tão feliz
que me julguei senhor de meu nariz,
a ponto de esquecer-me do salário.

E o tempo foi passando... E eu, estudando,
mais e mais ilustrado ia ficando.
E às letras me entreguei com tanto ardor

que alguns já me chamavam de doutor,
naturalmente brincando.

Acontece que a dita propriedade,
onde eu me acomodara por amor,
visitá-la-ia um tal senhor
importante que morava
em um dos bairros nobres da cidade.
Chamavam-no de ricaço
e queria, segundo me foi dito,
contratar quem lhe cuidasse
do jardim, da garagem e do Mito.

E me disseram também, certo dia,
que ele pagava bem
a quem bem o servia.

E lá fui eu, certo dia,
servi-lo com paciência
em sua residência,
onde começaria
minha nova penitência.

É que, sem eu saber, fora parar
na mesma residência em cuja frente,
anos atrás, estivera deitado
e de onde escapulira apavorado,
deixando atrás de mim um cão ladrando
e um homem de revólver apontado...

Era o cúmulo da ironia!
Cão que me escorraçara
agora me queria...

Eu contratado fui
para cuidar do jardim,
da garagem e do Mito.
Mas, logo depois, sem me consultar,
trouxeram um canário e um bendito
senhor velho aleijado que era irmão
do já velho ricaço, meu patrão.

E, já não bastasse o meu trabalho,
pediram que limpasse de algum galho
sujeira ou folha peregrina
o fundo reluzente da piscina.

Por fim, minha tarefa triplicou.
De salário, porém, ninguém falou.

Além disso, o ricaço,
pai de um filho descarado,
ambicioso,
mal-educado,
astucioso,
endiabrado,
pusera a meus cuidados
o velho aleijado.

Mais tarde vim saber, pela copeira,
que o velho, de quem tinha de cuidar,
era dono da casa e da algibeira
e que filhos não tinha a quem deixar
casas, e dinheiro, e joias,
e dois sítios, e um bazar.
E que, portanto, era Mito,
além do nome do cão,
a suposta riqueza do patrão.

E não tivesse eu
pensado na velhice,
teria mandado tudo
para o raio que o partisse.

O ricaço doente andava
e volta e meia gemia.
E, quando menos se esperava,
morreu chamando por Deus
enquanto o Mito latia.

E tudo, tudo mudou
com a morte do ricaço.
O cão triste ficou.
O velhote pôs freio nas despesas.
E, surgindo foi, depois,
um rosário de surpresas.

Um mês decorrido,
o cão bateu as botas
de saudade, talvez,
do dono falecido.
E o canário, coitadinho,
quando menos se esperava
foi pelo mesmo caminho...

Só o velho não morria.
E ele sempre me dizia
que falecer desejava,
mas que a morte, infelizmente,
dele nunca se lembrava.

Mas dele não se esquecia
o sobrinho endiabrado,
que alimentava a esperança
de vir a receber aquela herança
que o tio lhe deixaria
bem gordinha após a morte,
se tivesse paciência e muita sorte.

Sorte, sim, porque o tio pretendia
e poderia, em dado momento,
deixá-lo a ver navios
ao fazer o testamento.

E disso o jovem sabia
pela boca da copeira,
que tudo lhe dizia
na cama onde dormia.

Mas a copeira sabia
de tudo que lhe dizia,
porque o velho tinha a fama
de levar, durante a sesta,
a copeira para a cama.

O jovem, porém, tolo não era
nem fã de muita espera,
nem de muita paciência.
E provas disso me deu
algum tempo depois
quando me disse, preocupado,
empunhando um trinta e dois:
Escuta, Favelado,
o velho está cansado
e pede que a morte o leve
no dia da saudade.
Portanto, nada mais justo
do que fazer-lhe a vontade.
Além do mais, o velho está sobrando...
E tu, escravo dele, trabalhando.

Portanto, matá-lo-emos
e depois simularemos
tratar-se de suicídio.
Compreendes? E lábio mudo...
Quanto ao resto, o dinheiro compra tudo.

Não, não, foi minha resposta.
Porém, dias depois, outra proposta...
Disse-me o rapaz meio perturbado:
Já tenho separado o teu dinheiro.
Feito o serviço, é teu.
Com ele poderás comprar
até mesmo, se quiseres,
o reinos dos infernos por inteiro.
E te garanto comprarás
até mesmo o próprio Satanás.

Não, não, foi minha resposta.
Porém, dias depois,
em dado momento,
o jovem me abordou
e reforçou a proposta
com o seguinte argumento:
Escuta, Favelado,
deixa de ser crente...
Dinheiro te fará independente.
E o teu já está empacotado.

Imagina-te dono de fortuna...
Um belo carro, iate ou mesmo escuna;
um belo apartamento à beira-mar;
uma casa de campo à beira-rio;
e por que não uma fazenda?
Eu ficaria em paz... e tu, com sizo,
passarias do inferno ao paraíso...
Além do mais, o velho está sobrando...
E tu, escravo dele, trabalhando.

Perturbado fiquei
e às tontas andei
como verso sem rima,
sem acento e sem métrica.
E, ainda por cima,
envolto nos sonhos que tivera.
E me lembrei do desfile
da fauna social
e da gazela dos milhões...
E me vi no jantar dos comilões
devorando a gazela em pleno dia
entre riso e cantoria
e copiosas libações.
O rapaz esperava uma resposta.
Eu aceitei sua proposta.

Então está combinado,
disse o rapaz sorridente.
E a dizer continuou
pausadamente:
Daqui pra frente, Favelado,
não quero que cometas nenhum erro.
E por isso quero ver
se andas bem de pontaria.
Retira, pois,
desta caixa o trinta e dois
e tenta matar o gato
que dorme ali no jardim
ao pé daquele jasmim.

E eu fiz o que me pediu...
Mirei o trinta e dois e... pum.
E lá se foi mais um...
Eu era especialista em matar gato.
E fui no teste aprovado.
E repus o trinta e dois
na mesma caixa
de onde o tinha retirado.

E disse o rapaz depois:
Agora vou colocar
dentro do cofre esta caixa
e o pacotão de dinheiro.
E, à noite, pegas os dois
(dinheiro e trinta e dois)
e cumpres o teu dever...
e, depois, gozar a vida vais
onde te apetecer.
Compreendes?

Compreendi, sim.
Mas eu, que pensando estivera
na gruta colossal de Ali Babá
e no lauto banquete
da fauna social,
peguei o pacotão do vil metal,
engatilhei o trinta e dois
e saindo fui de mansinho

à procura de um lugar
onde fosse devorar
a gazela dos milhões...
entre risos, e cantoria,
e abundantes libações.

E o rapaz que se cozesse...
e que matasse o velho se quisesse.

E ele quis matar o velho,
e o matou,
e do crime me acusou,
e na prisão fui parar.
E quer saber por quê?
Eu vou lhe contar.

O trinta e dois
que comigo levara
não era o mesmo que usara
para matar o gato.
O que eu utilizara
e no qual tinha deixado
as impressões digitais,
que me condenaram de fato,
o rapaz o guardara
e o colocara
bem na frente dos olhos
dos policiais.

E o pacotão de dinheiro,
que eu julgara verdadeiro,
de verdadeiro só tinha,
para efeito de rima,
a nota de baixo
e a nota de cima.

Tentara ludibriar,
mas fora ludibriado,
e mal pago, e traído.
No banquete da fauna social
estava faltando um burro...
e dos tantos que existem por aí
eu fora o burro escolhido.

Mas nem por isso deixei
de rezar e de sonhar.
E foi sonhando que, um dia,
eu vi na prisão entrar
um monstro horripilante
para me visitar.

E se apresentou dizendo:
Eu sou o teu algoz
e deves conhecer-me pela voz.
Já sabes quem eu sou?
Ainda não?
E nem tampouco imaginas
o que vim fazer?

Não?
Então presta atenção
ao que vou te dizer.

Tenho te acompanhado
por todo canto e lado
desde que nasceste.
E tu nem percebeste.

Quando pediste emprego, estava eu
falando por Cireneu.

Eu te levei ao albergue
e tu nem viste
tão depressa e tão pálido partiste,
empurrado que foste aos trambolhões
por mim e por minhas decisões.

Fui eu que te empurrei
pelos caminhos da vida
a tapas e pontapés
e te manipulei
até fazer de ti o que tu és.

Não descobriste ainda quem sou?
Eu sou o monstro sagrado
que esteve sempre ao teu lado
e sempre a te maltratar.
Eu sou a Sociedade, Favelado.
E vim para ficar em teu lugar.

Quero redimir-me
dos erros que cometi
e por ter feito de ti
um pobre diabo infeliz
e por tudo, tudo, tudo
que de mal te fiz.

Meu amigo, fiquei estupefato!
Não era compaixão, mas desacato
o que me oferecia a Sociedade.
Furibundo fiquei
e lhe disse asperamente:
És uma grande filha da lei...
e não aceito a tua penitência.
E queres saber por quê?
Porque não me deste escola
onde pudesse educar-me.

Porque não me retiraste
do olho da rua
em vez de maltratar-me.

Porque não fizeste
de mim um cidadão,
sabendo que no meu peito
palpitava e palpita
humano coração.

Porque me levaste arrastado
como se fosse animal
através da ladeira social.

Porque não respeitaste
a minha dignidade
quando a pontapés me levantaste
das ruas e das praças da cidade.

Porque não respeitaste
os meus direitos
quando procurá-los fui
no Tribunal dos Pleitos.

Porque não reconheceste
minha nobre condição
de filho de uma pátria que é de todos
em todos os quadrantes,
e em todos os tempos,
e em todos os modos.

Porque não quiseste ver
que inserido sempre estive
na pauta musical
e na letra da poesia
do direito universal.

Deverias, sim, Sociedade,
estar no meu lugar;
mas para te purgares
não para te penitenciares.

E some daqui,
monstro abominável,
que nunca valeste nada,
antes que te dê
tremenda e merecida bofetada.

E naquele instante acordei.
E os dias se passaram...
E novamente sonhei
com dona Sociedade.
E vi filhos de favela
desfilando em torno dela
e gritando em altos brados:
Viva! Somos os bem-aventurados!

E no mesmo sonho a vi
tranquilamente sentada
manipulando dinheiro.
E vi três seres chegando,
dela se aproximando
e lhe dizendo o primeiro:
Levanta-te daí, eu sou a Fé,
portadora da esperança.
Porém, tu me degeneras
quando pões sobre o altar
o teu falso Deus-dinheiro
no lugar do verdadeiro.

E no mesmo sonho a vi
do coração padecendo.
E vi o segundo ser
imponente lhe dizendo:
Vem comigo. Eu sou a Nova Era.
Preciso transplantar-te o coração
e de sangue fazer-te transfusão.
O coração de ferro vou tirar-te
e colocar-te um feito de amor,
com novos sentimentos, todo novo,
para teu próprio bem e a bem do povo.

E no mesmo sonho a vi
tirando a pele de monstro
e se transformando em gente.
E vi o terceiro ser
lhe dizendo sorridente:
Vem comigo. Eu sou o Povo.
Vamos edificar um mundo novo.
O Lázaro-moral já se levanta
e no sinal do tempo se agiganta
a era do apocalipse das ideias.

Faremos com que toda a humanidade
caminhe para novas odisseias,
e que, à luz da justiça
e da fraternidade,
conquiste a felicidade

e promova o bem geral,
dando a si própria o todo universal.

Sonhei...
E da cadeia saí
e vim parar aqui,
onde me vês sentado,
sem eira e sem beira
e sempre injustiçado.

E por aqui ficarei
até que a morte me leve.
E a sonhar continuarei
quer queira, quer não queira,
dona Sociedade.
E esperando ficarei
que o melhor de meus sonhos
se torne realidade.

E Favelado ficou
morando na favela
até que a morte o levou.

E dizem as más línguas
que desgostoso morreu
por ter sido injustiçado,
mas que foi recompensado

por ter ido para o céu
como bem-aventurado.

E assim termino a cartinha
registrando o que se diz
no reino das criaturas:
Oh! Bem-aventuradas imposturas
que fazem das favelas sepulturas!

EPÍLOGO

Favelândia, Era Espacial

Amigo Saturnino,
desde o começo te disse:
Favelândia tem história.
E sei que muito aprendeste,
mas que nem tudo entendeste
das cartas que te mandei;
e que nem o dever tens
de conhecer certos fatos
ou nomes de personagens
deste meu planeta,
e nem o que representam
quer historicamente,
quer mitologicamente.

Portanto, tu que foste meu leitor
e meu ouvinte,
a bem da verdade,

é preciso que saibas o seguinte:
Diógenes, filósofo grego,
contemporâneo de Alexandre Magno.
Um dia, Diógenes andava de lanterna acesa
pelas ruas de Atenas (de dia)
e, quando lhe perguntaram o que fazia,
respondeu: Procuro um homem honesto.
Isso aconteceu há mais de 2000 anos.
Hoje em dia, Saturnino, nem com holofote
Diógenes encontraria o que procurava.

Sócrates foi um dos homens mais
célebres da Antiguidade.
Sua doutrina chegou
até nós por meio dos escritos
de um dos seus discípulos, Platão.
Sócrates ensinava que a sabedoria é o
bem que mais se deve cobiçar.
Para ele,
se o homem sabe discernir entre o bem e o mal,
pratica sempre o bem;
e os que fazem o mal
só agem assim porque não
sabem o que é o bem
e o que é o mal.
Acusaram-no de corruptor da juventude
e o condenaram a beber cicuta,
veneno mortífero.
Morreu diante dos amigos
que o amavam e respeitavam.
Isso aconteceu há 339 anos antes de Cristo.

Hoje em dia, Saturnino,
os corruptores da juventude são
condenados a beber uísque, champanhe,
Porto, conhaque, cerveja e uma cachacinha de
vez em quando, venenos que matam,
mas *mui* suavemente e paulatinamente.
E corrompem a juventude
sabendo muito bem discernir entre
o que é o bem e o que é o mal.
E o mal é não estarem
todos os corruptores bebendo
água atrás das grades.

Prometeu era filho do titã Japeto
e irmão de Atlas.
Aparece na mitologia clássica
como o iniciador da
primeira civilização humana.
Depois de formar o homem com o
limo da terra, roubou, para animá-lo,
o fogo do céu.
E Júpiter o castigou ordenando a
Vulcano que o levasse ao cimo do Cáucaso
e que lá o deixasse acorrentado para que um
abutre lhe devorasse o fígado.
Hércules o livrou desse suplício.
Isso aconteceu sabe Deus quando.
E, pena é, Saturnino, que,
hoje em dia, não se aplique
o mesmo castigo aos
ladrões, mas sem chicaneiro que os defenda.

Leônidas.
Quando os persas,
pela segunda vez,
pretenderam transformar a
Grécia em mais uma de suas satrapias,
Leônidas e seus trezentos fiéis comandados
ofereceram resistência ao numeroso exército
de Xerxes.
E Xerxes, reis dos persas,
estribado em seu poderio,
intimou Leônidas a entregar-lhe as
armas. E Leônidas, laconicamente,
respondeu-lhe: Venha tomá-las.
Estava Leônidas nas Termópilas,
desfiladeiro muito estreito
por onde Xerxes e suas tropas
deveriam passar.
E os mensageiros de Xerxes
foram dizer-lhe que seria inútil resistir.
E, para intimidá-lo, disseram-lhe:
Somos tão numerosos que nossas flechas
toldarão a luz do sol.
Ótimo! Combateremos à sombra!,
respondeu o bravo Leônidas.
E lutando morreram Leônidas e seus
valentes comandados, mas só depois que um
traidor revelou aos persas outra passagem

por trás do desfiladeiro.
Isso aconteceu há mais de 400 anos antes de Cristo.
Hoje em dia, Saturnino, há mais
traidores que defensores por trás do
desfiladeiro da liberdade e da Justiça Social.

Alexandre Magno tinha vinte anos
quando subiu ao trono da Macedônia.
Tornou-se o maior conquistador da Antiguidade.
Em Górdio, capital da Frígia, havia um
carro de boi cujo timão estava seguramente
amarrado por um só nó inextricável.
Dizia um oráculo que quem desatasse
o nó seria senhor da Ásia.
Alexandre cortou o famoso nó górdio
com um só golpe de seu gladio
e se tornou o maior conquistador da Antiguidade.
Isso aconteceu há 320 anos antes de Cristo.
Hoje em dia, Saturnino, não há quem
não tenha o nó górdio atado na garganta...

Nero, um dos 12 Césares, foi verdadeiro monstro.
Mandou matar a própria mãe, e um
irmão adotivo, e a esposa, e seus mestres, e
numerosas pessoas ilustres.
Um terrível incêndio destruiu grande
parte de Roma, e Nero acusou os cristãos de
autores da calamidade, e os perseguiu,
e os submeteu a duras penas.

Isso aconteceu nos primórdios da Era Cristã.
Hoje em dia, Saturnino, por muito
menos se persegue, se mata, se esfola, se
estupra, se sequestra, e se rouba, e se corta a
garganta sob a inspiração de Nero sacripanta.

Beatriz.
Dante Alighieri, autor da *Divina Comédia*,
foi guiado pelo poeta Virgílio,
a pedido de Beatriz, através do inferno
e purgatório até o paraíso,
onde lhe é permitido ver Deus.
Isso aconteceu quando Dante ainda era vivo.
Hoje em dia, Saturnino, nem a pedido
de Beatriz os bons filhos da Política
se dispõem a conduzir do inferno
ao paraíso os bem-aventurados
filhos da Favelândia, enquanto vivos.

Argos.
Segundo a mitologia, Argos tinha
cem olhos, dos quais cinquenta permaneciam
sempre abertos.
Juno o encarregara de exercer
vigilância sobre IO, sua rival.
Foi morto por Mercúrio
a pedido de Júpiter.
Argos era o terror dos vigiados.
Hoje em dia, Saturnino, o espírito de

Argos enxerga apenas o que lhe interessa.
Os ladrões, os assassinos, os canalhas e os
corruptos e corruptores nem com os cem olhos
abertos conseguem vê-los.

Fênix, ave fabulosa que,
segundo lenda antiga,
vivia muitos séculos no meio
dos desertos da Arábia.
E que, quando sentia que a
morte se aproximava,
construía um ninho de
plantas aromáticas, que raios de sol
incendiavam, e nele se deixava consumir.
E da medula de seus ossos
nascia um verme que se transformava
em outra fabulosa fênix.
Isso, naturalmente, acontecia sabe Deus quando...
Hoje em dia, Saturnino, somente a
Fênix das drogas renasce das próprias cinzas...
E talvez por isso o vigilante Argos não consiga
enxergar, tão densa é a fumaça provocada
pela combustão das plantas aromáticas...

Esfinge, animal misterioso que a meio
caminho de Tebas desafiava os viajantes
dizendo: Decifra-me ou devoro-te.
E propunha enigmas e devorava

quem não os decifrasse.
E propôs o seguinte a Édipo:
Qual é o animal que anda sobre quatro pés
de manhã, sobre dois ao meio-dia
e sobre três à noite?
E Édipo respondeu:
É o homem, pois anda de gatas quando infante,
caminha ereto na idade adulta e encostado a
um pau na velhice.
E, furioso e decepcionado,
o misterioso animal se atirou
ao mar de roubalheira de onde sai de
vez em quando e se vinga no Zé Povo,
e no Zé Povinho e no Zé Povão,
propondo-lhes o seguinte enigma:
O que acontece com a vossa poupança
se desvalorizo a moeda?
E não espera que respondam:
Devora-lhes a poupança num abrir e fechar de olhos.
E diz que não é problema dela se Zé Povo, e
Zé Povinho, e Zé Povão andam encostados
num pau durante a velhice.

Pandora, a primeira mulher
formada por Vulcano.
Minerva, deusa da sabedoria, deu-lhe
vida e a dotou de todas as graças
e todos os talentos;

e Júpiter lhe deu de presente uma
bela caixa, na qual estavam encerrados todos
os males; e a esperança.
Pandora veio habitar a Favelândia, onde
Epimeteu, o primeiro homem, a desposou.
E a primeira coisa que Epimeteu
fez foi abrir a caixa,
e todos os males se espalharam
rapidamente pelo mundo;
ficou no fundo da dita caixa
apenas a esperança, mas por
pouco tempo; os bons filhos da Política
a surrupiaram enquanto Pandora dormia.
E, desde então, quando alguém se refere à
origem de todos os males, usa a expressão
boceta de Pandora ou caixa de Pandora,
que são os sinônimos de bons
filhos da Política.

E assim termino a cartinha
desejando-te bonança
e esperando que Pandora
recupere a esperança.

Post Scriptum (urgente).

O Judas Sarapatel
e o Fariseu,
dono de Babel,

e todos os elementos
de Corja, Canalha & Cia.,
e Canalhocracia
Empreendimentos,
e os bons filhos da Política
saíram hoje a caminho
do espaço sideral;
e estão levando a reboque
da nave espacial
comprida e larga carreta,
onde pretendem guardar
os anéis que vão roubar
dos dedos do teu planeta.

Fogo neles, Saturnino!
E que nem cinza escape
mesmo depois de cremados.
Pois só assim verás
meu planeta viver em paz
e sem favelas no peito:
eliminada a causa
cessa o efeito.

In memoriam de
José Maria Prada,
padre redentorista,
assassinado
dia vinte e nove de
abril de 1991
por um dos inúmeros
canalhas
que conspurcam
e aviltam
a malfadada Favelândia.

CONHEÇA O AUTOR

DANIEL RAIMUNDO DIEGUES nasceu em 22 de novembro de 1926, filho de portugueses: Francisco António Diegues, jornaleiro, e Maria da Encarnação Prada, doméstica. Até 1936, viveu em Portugal, mais precisamente em Portelo – Freguesia de França. O primeiro da família a vir para o Brasil foi seu pai, Francisco, em uma tentativa de encontrar condições de vida melhores, assim como aconteceu com tantos outros imigrantes naquele tempo. Daniel e a mãe continuaram em Portelo até o dia em que chegou a carta enviada pelo pai. No dia 09 de janeiro de 1937, acompanhado de sua mãe, ele deu entrada no Brasil pelo Porto de Santos.

Sua primeira residência no Brasil foi em São Paulo, no bairro Água Rasa, onde viveu até se casar. Completou os estudos do que hoje se conhece como Ensino Médio.

Queria ser professor, intento que não conseguiu realizar. Contudo, era um educador nato e não há quem o tivesse conhecido que não o chamasse de "mestre". Trabalhou em vários lugares e fez carreira como bancário. Em 1953, casou-se com Maria Inês Prada, sua prima, e teve duas filhas.

Sua vida foi marcada pelo amor que dedicava às pessoas em geral, pela leitura de todos os gêneros possíveis e pelo grande talento no ofício da escrita. Muito observador, costumava reparar no comportamento das pessoas ao seu redor; atento aos acontecimentos de sua época e ao cotidiano da vida em geral, conseguiu expressar e retratar a realidade em suas obras. Suas poesias nem sempre são marcadas pelo sentimentalismo, pelo romantismo, mas principalmente por suas críticas sociais.

Seu sonho era publicar suas obras, o que não conseguiu realizar em vida. Deixou seus escritos para suas filhas, Inês Diegues Sacaloski e Marisa Diegues, que trazem a público *Favelândia*.

Daniel Raimundo Diegues faleceu em São Paulo no ano de 2014 com oitenta e sete anos junto às suas duas filhas, genros e netos. Digno da nossa admiração pelo respeito que dedicava a todo ser humano, pelo amor incondicional à sua esposa e filhas e pelas pérolas que nos deixou por meio deste conto e suas outras duas obras.

CONHEÇA AS ORGANIZADORAS DESTA EDIÇÃO

INÊS DIEGUES SACALOSKI nasceu em 1955, mora em São Paulo, é casada e tem duas filhas. Formada em Pedagogia e Psicopedagogia com mestrado em Filosofia, foi professora e coordenadora pedagógica; está aposentada pela PMSP. Acostumada desde a infância a ouvir e ler as poesias que seu pai escrevia, foi adquirindo gosto pela leitura de diversos gêneros. Atualmente é professora universitária e se dedica à organização das obras deixadas pelo pai com o objetivo de trazê-las a público.

MARISA DIEGUES nasceu em 1954, mora em São Paulo, é viúva e tem uma filha, um filho e dois netos. Formada em Pedagogia e Psicopedagogia, é professora da Educação Infantil e do Ensino Fundamental na PMSP; além disso, dedica-se juntamente com a irmã na organização dos textos deixados pelo pai. Na literatura, aprendeu a gostar de todos os gêneros, pois conviveu desde a infância com os diversos livros que seu pai fazia questão de ler para as filhas. Também é leitora voraz dos escritos do pai: poesias, contos e até histórias de terror, oriundas da época em que ele produzia quadrinhos sobre o Conde Drácula.

Grupo Editorial
coerência

Esta obra foi composta na fonte ITC Legacy Serif,
tamanho 11,5 pt, e impresso em papel pólen bold 80g/m².
São Paulo, fevereiro de 2020